유령과의 입맞춤

유령과의 입맞춤

남 한 소 설 집

차례

자기를 잃어버린 사람

1.

　자정을 넘긴 시각이었다. 야간작업을 하던 승우는 또 그 증상을 느꼈다. 귀가 먹먹해지더니 머리가 지끈거리는 것이다. 그런데 이번에는 사무실 천장까지 빙빙 도는 환각에 사로잡혔다. 최근 들어 승우는 두통 증세를 이따금 겪곤 했지만 천장이 도는 느낌은 처음이었다. 시간이 흐르며 어지럼증은 조금씩 가라앉기 시작했다. 그동안 업무 스케줄이 너무 빡빡하여 병원에 가볼 생각을 하지 못했으나, 몸이 점점 이상해지는 이제는 반드시 가보아야 할 것 같았다.

　한스 마르틴 교수의 내한이 끝나는 일주일 뒤쯤이면 시간이 날 것도 같았다. 그때 일정을 조정해서 병원 약속을 잡아야겠다고 생각하는 순간 다시 천장이 돌기 시작했다. 그 속도가 차츰 빨라지더니 잠시 뒤에는 사무실 전체가 빙빙 도는 느낌이었다. 그 고통은 어린 시절 빠르게 도는 지구본에 탔을 때보다 훨씬 지독했다. 승우는 토할 것 같아 화장실로 뛰어가려다 그만 바닥에 쓰러지고 말았다.

눈을 떠보니 응급실의 침대였다. 아내가 걱정스러운 표정으로 승우 곁에 앉아 있었다. 젊은 당직 의사가 와서 펜라이트를 켜고 승우의 눈을 살폈다. 승우는 자신이 겪은 최근의 증세를 말해주었다. 당직 의사는 뇌의 단층촬영을 받아보는 게 좋겠다고 권유했다.

그 이튿날 오전 승우 부부는 뇌의 엑스레이 사진이 벽면을 가득 채운 방에서 신경외과 의사 이준과 마주하였다. 이준은 사진 몇 개를 잇달아 가리키더니 바로 이 부분에 이상이 생겼다고 말했다. 눈에서 뇌로 이어지는 장소에 거무스레한 얼룩처럼 보이는 부분이 있었다. 이준은 뇌종양이라고 했다. 지름 삼 센티미터 가까이 되는 메추리알 크기의 덩어리가 뇌의 안쪽을 향해 자라고 있다는 것이었다. 하루라도 빨리 제거해야 뇌를 보호할 수 있으며, 종양이 악성인지 양성인지는 아직 판별할 수 없으나, 수술 뒤에 조직검사를 해보면 알아낼 수 있다고 했다.

수술 동의서에 서명을 하고 승우 부부만 남게 되었을 때 승우는 아내의 손을 잡았다. 그는 엷게 웃으며 아내더러 걱정하지 말라고 다짐했지만, 내심 자신이 더 극심한 충격에 사로잡혀 있었다. 세상사람 다수는 승우와 비슷한 두려움에 휩싸일 것이다. 뇌는 인간의 정체성이 담긴 소중한 부분이다. 메추리알 크기의 덩어리를 떼어낸다면 그다음엔 어떤 변화가 일어날까? 의사의 설명에 따르면 기억력이 나빠지는 경우가 많다고 했다. 어떤 사람은 말이 어둔해지기도 하고, 계산 능력이 나빠지거나, 운동신경이 퇴화되는 경우도 있었다. 증상이 안 좋을 때는 여러 기능의 둔화가 겹쳐서 일어난다고 했다.

그럼에도 수술 이전에는 그 어떤 예측도 하기 어렵다며, 오직 하늘의 뜻에 맡겨야 한다는 것이었다. 이준 본인이 집도한 케이스 가운데, 승우보다 더 커다란 덩어리를 떼어낸 환자가 있었는데, 아무런 이상 없이 정상적인 생활을 하고 있다고 안심시켰다. 그러나 과연 승우 자신이 그런 요행을 바랄 수 있을까……? 예측할 길 없는 미래 앞에 승우는 저절로 불안해질 수밖에 없었다.

수술실로 들어가는 침상에 누워 승우는 지난날을 돌이켜보았다. 매 순간이 성공적이라고 할 수는 없었지만, 자신의 삶은 나름의 의미로 채워져 있었다. 노동운동에 뛰어든 이래 노동자의 아픔과 어려움을 함께 나누었다. 요즘도 그의 하루하루는 노동자를 위한 나날이었다. 노동자 연합의 연구소장으로 재직하며, 노동자에게 자양분이 될 서적을 읽고 이를 번역 의뢰했으며, 때로는 논평을 달아서 잡지에 게재하기도 했다. 각 지역의 진보 이론가들과 네트워크를 이루어 이론을 교류해왔고, 그 가운데 유익한 내용을 잡지에 실었다. 최근에는 진보 네트워크의 범위를 세계로 확장하는 중이었으니, 어느새 미국이나 유럽의 진보 사상가들과도 교분을 쌓고 있었다. 이번에 초청한 한스 마르틴 교수만 해도 바로 그 같은 교류의 성과였다. 그런데 뇌종양이라니! 한스 마르틴 교수는 누가 맞이하지? 불길한 먹구름이 승우의 마음에 사정없이 밀려들었다. 수술실에 들어서며, 승우는 고요한 사찰로 들어가는 스님처럼 마음을 정돈해보려 애썼으나 좀체 불안이 가라앉지 않았다.

수술을 받은 날 오후였다. 눈을 떠보았다. 낯선 방의 침대 위에 자신이 누워 있었다. 눈길을 돌리자 자신 옆에 낯선 여자가 앉아 있었다. 이게 어떻게 된 일인가 싶어 몸을 일으키려했지만 움직일 수가 없었다. 그 여자가 자신에게 몸을 기울이더니 미소를 지으며 자신의 손을 쓰다듬었다. 그 모든 정황이 기이해서 얼떨떨하기만 했다. 그런데 돌이켜보니 승우는 그날 아침에 뇌 수술을 받았던 것이다. 자신의 손을 연신 어루만지는 그 여자는 바로 자신의 아내였다.

그다음 날 낮에 승우는 상체를 일으켜 침상에 앉았다. 같은 날 저녁에는 침대에서 일어나 병실 안을 오갈 수 있었다. 화장실의 세면대 앞에 서자 거울 속에 머리를 박박 깎은 남자가 보였다. 그 남자는 머리에 붕대를 두르고, 붕대 속으로부터 피를 뽑아내는 주머니를 매단 채 우두커니 서서 자신을 바라보고 있었다. 그 사내의 눈빛이 너무나 고요하여 조금은 기이한 느낌마저 들었다.

그 이튿날 수술을 집도한 이준이 승우를 찾아왔다. 조직 검사 결과 덩어리가 양성이라는 것이었다. 아내가 승우의 손을 움켜쥐었다. 순식간에 촉촉하게 젖어드는 아내의 눈동자가 승우에게는 마치 겹겹으로 쌓인 유리벽 너머의 풍경처럼 아스라하게 느껴질 뿐이었다. 퇴원하기 전에는 몇 가지 테스트를 치렀다. 인지 테스트는 너무나도 쉬웠다. 기억력이나 언어능력에도 아무런 문제가 없었다. 여러 번 반복되었던 암산 테스트에서는 뇌의 일부를 떼어낸 사람답지 않게 신속한 암산을 수행했다. 운동 능력에도 아무런 문제가 없었기에, 조심스런 발걸음으로 병원 문을 나서는 승우에게는 예전처럼 순조로운 나날이 전개될 것 같았다.

2.

그로부터 팔 개월 뒤 어느 사십 대 남자의 변사체가 남한강 인근의 수로에서 발견되었다. 밤길에 수로 갓길을 걷다가 실족사한 것으로 추정되는 익사체였다. 경찰의 조사 결과 그 사람은 노동자 연합의 연구소장을 지낸 김승우로 밝혀졌다. 사망하기 삼 개월 전에 그는 직장에서 해고되었으며 아내와도 별거 중이었다. 과연 승우에게 어떤 비극적인 일들이 벌어진 것일까?

지난 팔 개월의 행적과 그의 삶의 마지막 순간을 짐작하게 해줄 책 한 권이 이듬해 말에 출간되었다. 승우의 수술을 집도했으며, 그 후에도 그를 진료해온 의사 이준이 집필한 책이었다. 그 책은 누구나 읽기 쉽게 쓰인 대중서로, 『인간의 뇌』라는 제목 아래 '신경과의사가 만난 열두 사람들'이라는 부제를 달고 있었다.

제목에서 느껴지듯, 그 책은 승우 한 사람에 초점을 두어 쓰인 것은 아니었다. 뇌 질환을 앓던 열두 환자들의 진료

사례를 담은 책인데, 그 가운데 승우의 이야기가 일부를 차지하고 있었다. 승우의 삶과 죽음을 이해하기 위해서라면, 그 책을 살펴보는 것이 필요할 것 같아서, 저자의 승낙을 거쳐 그 책의 일부를 싣는다. (책에는 '승우'가 'S'라는 가명으로 표기되어 있지만, 독자의 편의를 위해 이를 원래 이름으로 바꾸어 표기한다.)

감정 손상 환자, S의 이야기

대부분의 환자가 나름의 사연이 있게 마련이다. 그럼에도 S(승우)는 유독 내게 가슴 아픈 추억으로 남아 있는 환자다.

승우는 뇌의 전전두엽 내측 안와 부위에 메추리알 크기의 종양이 생겨 수술을 받게 된 사십 대 후반의 환자였다. 수술 전날 저녁이었다. 나는 수술 환자의 예후를 점검하고, 수술이 있을 환자에게는 그 준비를 당부하러 회진을 돌고 있었다. 거의 대부분의 환자가 침대에 누워 휴식을 취하거나 자고 있었다. 그런데 승우 혼자 침상의 불을 켜고 앉아 자신의 노트북에 무언가를 기입하고 있었다. 내가 무얼 하느냐고 묻자, 그는 자신이 없을 사이에 있을 세미나에서,

다른 직원이 자기 대신 발표할 내용을 정리해주는 중이라고 대답했다.

그가 정리하는 책을 힐끗 살피니 영어로 된 두툼한 원서였다. 수술을 받게 되면 최소 이 주 이상은 아무 일도 못할 텐데 그러느냐, 일은 그만하고 좀 쉬시라고 당부했다. 그러자 승우는 바로 그런 이유 때문에라도 더 쉴 처지가 못 된다며 미소를 지었다. 자신이 초청한 외부 연사가 오고, 자신이 손수 맞이했어야 했는데 그러지 못했으니, 동료들의 부담이나마 덜어주어야 하지 않겠냐는 것이었다.

그 짧고도 인상적인 만남에서 나는 승우가 매력적인 지성인이라는 것과, 자신의 일에 강한 의무감을 품고 있다는 것, 그리고 부하 직원에게는 다정하면서도 엄격한 상사라는 사실을 깨닫게 되었다. 수술은 성공적이었다. 승우는 주의력 테스트, 언어 테스트, 계산 테스트, 운동신경 테스트 등 모든 테스트에서 합격점이었다. 병원을 나서는 그의 앞날은 다행히도 밝아 보였다. 그러나 그것이 완벽한 진실은 아니었다. 승우는 뇌종양과 그에 이어진 뇌 수술의 후유증으로 감정이 손상되어버린, 매우 드문 케이스의 환자였던 것이다.

수술 이 주 뒤 승우와의 면담이 예정되어 있었다. 그런

데 면담 며칠 전 그의 아내로부터 연락을 받았다. 그녀는
자신의 남편이 이상하게 변했다고 했다. 남편이 남편 같
지 않다는 것이다. 직장 동료들도 승우가 이상해졌다고 이
구동성으로 말하고 있다고 했다. 직장 동료들 눈에 승우는
더 이상 예전의 따스하고 엄격했던 상사가 아니었다. 부하
를 다독이거나 격려하기는커녕, 형식적인 인사만 나누고
시시한 이야기나 던지는 건들건들한 인물로 바뀌었다는
것이다.

그런 변화는 아내의 눈에도 마찬가지였다. 두 사람은 이
십삼 년 전에 결혼하여 기나긴 세월을 함께 보냈다. 남편
은 자신의 삶에서 겪는 여러 고민을 아내와 허물없이 나누
었다. 아내 또한 남편의 이야기를 경청해주고 조언해주어,
두 사람은 대개의 부부 이상의 애정을 자랑하며 살아왔다.
그토록 진솔하고 깊이가 있던 남편이 수술 뒤에 완전히 다
른 사람처럼 바뀌었다고 했다. 아내에게는 아무런 관심도
품지 않으며, 매사에 건성인 피상적인 인물로 변해버려, 대
화라는 게 거의 불가능할 지경이라고 했다. 아내는 그런
남편을 견딜 수 없다며 나에게 도움을 호소하고 있었다.

승우와의 면담 날이었다. 그와 함께 온 아내는 창백하고

말랐으나 승우는 편안해 보였다. 잘 지내셨느냐, 어디 불편한 데는 없느냐는 가벼운 인사말을 나누는 와중이었다. 나를 대하는 승우의 눈빛이 마치 스쳐 지나가는 사람을 대하는 것 같아서 놀랐다. 대개의 환자들은 수술 뒤의 면담에서 친밀감을 드러내며, 인사말이나 표정으로라도 감사하는 마음을 전하려 애쓴다. 그런데 승우는 마치 엉뚱한 장소에 끌려 나온 사람처럼 상황을 외면하거나, 아예 무관심한 시선으로 나를 대해서, 내가 당황하지 않을 수 없었다.

며칠 전 그의 아내와 메일을 주고받으며 의심했지만, 그의 감정에 문제가 생겼음을 직감적으로 느낄 수밖에 없었다. 그럼에도 나는 사전에 준비된 시나리오에 따라 그와의 면담을 진행했다. 나는 승우에게 몇 가지 질문을 던지겠다고 했다. 그런 뒤에 최근에 아내와 심하게 다투지 않았느냐고 물었다. 그 일로 인해 아내가 속상해 하는 걸로 안다고 했다. 보통 사람은 그런 공격적인 질문에 불편해하지 않을 수 없다. 자신의 은밀한 가정사가 침범당하는 느낌이기에 적지 않게 당황하거나, 질문자에게 즉각적인 반감을 품기 마련이다.

사실 내가 승우로부터 유도하려던 것도 바로 그 같은 감정적인 촉발이었다. 따라서 사전에 그의 아내와 질문에 대해 치밀하게 상의한 것을 아예 언급조차 하지 않았다. 그런데 승우는 보통 사람과 달랐다. 그는 자신의 턱을 어루만지며 회상에 잠기는 표정이었다. 잠시 뒤에 손을 내려놓더니, 그런 일이 있긴 있었다고 대답했다. 무슨 사안 때문이었느냐고 묻자, 그는 아들 문제였다고 선선히 대답했다. 나는 아들이 있었느냐, 사건의 경위를 조금 자세히 설명해줄 수 있겠느냐고 다시 물었다. 그러자 그는 눈을 내리깔고는 생각에 잠기는 표정이었다.

한 일 이 분쯤 흘렀을까? 그가 유리창 방향으로 시선을 돌리더니 모호한 미소를 지었다. 그는 계속 창밖을 바라보고 있었는데, 내 질문을 고민한다기보다는 자신만의 생각에 잠긴 것 같았다. 그의 아내가 걱정스런 눈빛이 되어, 요즘 자주 저래요, 하고 내게 속삭였다. 승우를 다시 대화로 끌어들이기 위해 내가 말을 붙여야 했다. 선생님? 선생님? 승우가 내게로 시선을 돌렸다. 아드님 이름이 이호 맞나요? 내가 서류를 들여다보며 물었다. 네 그렇죠. 이호죠, 승우가 그제야 미소를 거두며 대답했다.

아드님에게 무슨 사고가 있었다고 들었습니다만……? 그는 조금 놀란 눈빛이 되더니 고개를 끄덕였다. 그래요. 추락 사고였죠. 아파트 옥상에서 떨어졌어요. 그는 당시를 회상하듯 이마에 손을 대더니, 동맥이 파열되었죠. 그 자리에서 즉사했어요, 하고 마치 검시소의 검시사가 사체를 부검한 뒤에 설명하듯 억양 변화가 없는 목소리로 대답했다. 그랬다가는, 아니! 자살은 아니에요. 그때가 다섯 살이었거든요. 아이들하고 놀다가 떨어진 거예요, 하고 오해하지 말라는 듯 덧붙였다.

그런 그의 태도가 보통의 아버지와 너무나 달랐기에 충격을 느꼈다. 나는 눈을 감고 안경을 고쳐 써서 마음을 진정시켜야 했다. 잠시 숨을 고른 뒤에야 다시 질문을 던질 수가 있었다. 이혼의 문제로 최근에 사모님과 다투셨다고 들었는데, 다투신 사연을 좀 설명해주실 수 있는지……? 나는 책상 위의 문서를 들여다보는 체하며 물었다. 그는, 아내하고요? 라고 하더니 다시 턱을 어루만졌다. 그랬다가는 무언가가 떠오른 듯 호주머니를 뒤지기 시작했다. 그가 양복의 윗주머니에서 꺼낸 것은 볼펜과 두툼한 메모장이었다. 그는 메모장을 열더니 그 위에 무언가를 그리는 것 같았다. 그런데 그 행동은 나에게 설명하기 위함이 아니라, 스스로 무언가를 정리하려는 것처럼 보였다.

나는 시간을 두고 그의 답변을 기다렸다. 그런데도 승우는 우리가 나누었던 대화에 신경을 기울이지 않거나, 아니면 이를 아예 잊은 듯 계속 그림 그리기에 열중하고 있었다. 나는 그가 그리는 것이 무엇이냐고 묻지 않을 수 없었다. 그제야 그는 고개를 들더니, 축구 시합인데요, 하고 대답하는 게 아닌가. 축구 시합이라니…… 무슨……? 내가 놀라서 묻자, 그가 한일전 축구 시합이요. 사흘 전에 있지 않았습니까, 라고 대답하고선 다시 고개를 숙인 채 그림 그리기에 몰두하고 있었다.

나는 망연자실했다. 그의 관심사가 아들의 죽음이나, 이를 놓고 벌어졌던 부부 사이의 다툼으로부터 한일전 축구 시합에로 순식간에 옮겨 간 것이다. 가능성은 두 가지였다. 하나는 그가 그 어떤 사안에도 몰입하지 못하며 순간순간 관심사를 옮기거나, 아니면 부부 싸움이나 아이의 죽음 같은 곤란한 상황을 회피하려 그러는 것일지 몰랐다. 비록 가능성이야 희박하지만 나는 두 번째 경우를 믿고 싶었다.

선생님? 선생님의 삶에서 그 축구 시합이 어떤 중요성이 있는지를 물어도 되겠습니까? 내가 목소리를 가다듬어 물었다. 네? 그가 고개를 들었다. 그야 그 어떤 것 못지않게 중요하지요, 그는 제법 진지한 표정으로 답변했다. 그럼 사망한 아드님보다 더 중요하다는 뜻인가요? 내 자신이 잔인하게 느껴졌지만 그렇게 묻지 않을 도리가 없었다. 그야 당연하죠. 하늘만큼 땅만큼 중요하니까요, 하고 힘을 주어 대답하더니, 그는 다시 그림 그리기에 몰두하기 시작했다. 나는 할 말을 잃고 말았다. 아마도 말로 표현하기 힘든 복잡함이 밀려들었던 것 같다. 그의 아내 또한 눈시울이 촉촉해져서 간절하게 호소하는 눈빛으로 나를 바라보고 있었다.

   뇌 수술 환자 가운데 극소수의 경우는 승우처럼 감정에 문제가 발생한다. 증세는 환자에 따라 조금씩 다르다. 역사적으로 잘 알려진 피니어스 게이지라는 환자의 경우 감정 조절 기능에 문제가 생겼다. 원래는 부드러웠던 성격이 걸핏하면 화를 내거나, 상스러운 소리를 마구 지껄이는 거친 성격으로 바뀌어버렸다. 어떤 환자는 공감하는 능력이 떨어져서 타인의 고통이나 슬픔에 무감각하고 냉담하게 변하기도 한다. 승우는 이들보다 조금 더 증세가 심각했다. 자신의 일 가운데 어느 것이 중요하고 어느 것이 덜 중요한지 판별하는 능력을 잃어버린 것이다. 그래서 아들의 죽음에서 부부 싸움으로, 그리고 다시 축구 시합으로 순간순간 관심사가 옮겨 가는 것이었다.
   승우와 가장 유사했던 사례로는 내가 수련의 시절에 만

났던 J라는 환자가 있다. 당시 J는 승우 또래의 유능한 회계사였는데 자동차 사고로 뇌 수술을 받아야 했다. 뇌수술 뒤 복잡한 수식을 풀거나, 까다로운 암산을 하는 능력은 조금도 손상되지 않았다. 그럼에도 그의 성격에 극적인 변화가 생겼다. 이를테면 고객과 만나서 상담하거나, 회계 결과를 내놓아야 할 시간에, J는 신문지 앞에 앉아서 글자의 동그라미 채우기에 몰두하고 있었다. 어떤 일이 중요하고 어떤 일이 시시한지 판별하는 능력을 잃어버린 것이다. 그런 J의 모습은 내 면전에서 축구 시합 그림에 몰두했던 승우와 너무나 흡사하여, 나는 승우를 바라보며 J에 대한 옛 추억을 떠올리지 않을 수 없었다.

J는 직장에서는 한 달도 견디지 못해 해고되었다. 그 후 정상적인 사람이라면 결코 손대지 않을 무모한 사업을 벌였다. 가족의 만류나 친지의 사정도 소용이 없었다. 그가 벌였던 사업은 너무나 시시하거나 사기성 짙은 것뿐이었기에, 부유했던 그의 가세가 금방 기울기 시작했다. 마침내 그는 한방의 거창한 사업을 벌인다며, 온갖 사기꾼이나 부랑아들과 어울리다가, 마침내 짧은 생을 마감하고 만다. 그런데 그런 일이 승우에게도 벌어진 것이다.

두 번째 만남에서 나는 기능적자기공명(fMRI)이라는 현대식 장치로 승우의 뇌를 테스트해보았다. 괴한이 연약한 여자를 붙잡아놓고 칼로 위협하는 영상을 승우에게 보여주었다. 다른 한편에서는 그의 뇌의 혈류 변화를 세밀히 관찰했다. 대개의 사람은 불안감이나 고통이 일어 뇌의 편도가 자극받는다. 그런데 승우의 뇌는 보통 사람이 느끼는 고통의 흔적이 보이지 않았다. 칼로 협박당하는 여자를 보며 마치 아름다운 풍경이라도 감상하듯 미미한 혈류 변화만 보이는 것이었다.

그의 아내에게 부탁하여 구한 가족 동영상도 보여주었다. 어린 이호를 안고 놀이동산에 놀러가서 찍은 부부의 모습이었다. 세 살배기 이호가 까르르 웃으며 도망치자, 승우가 이를 쫓아가서 아이를 붙잡고는 잔디밭에 뒹굴었다. 영상 속의 아이가 너무나도 귀여워, 승우는 아이를 품에 안고 어르다가 뺨에 뽀뽀를 했다. 그런데 영상을 지켜보는 승우의 두뇌가 특이했다. 사랑하는 아이를 잃어버린 슬픔 때문이건, 저토록 귀여웠던 아이를 다시는 볼 수 없다는 절망 때문이건, 아이 아빠라면 밀려드는 혈류로 인해 뇌의 편도가 잔뜩 부풀어야 한다. 그런데 승우의 뇌는 방금 전 칼로 여자를 협박하는 괴한을 볼 때와 비슷하게도, 거의 보일락 말락 한 혈류 변화만 드러낼 뿐이었다.

　나는 그제야 이해할 것 같았다. 승우가 축구 시합이 하늘만큼 땅만큼 중요하다고 했던 이야기는 절대 거짓이 아니었다. 승우에게 있어서 한일전 축구 시합이나, 아들의 죽음이나, 아내와의 다툼이나 별다른 차이가 없는 것이다. 그것은 자신의 옛 사연에 밴 느낌을 모조리 잃어버렸으며, 결과적으로 여러 인간에 결부된 느낌 또한 함께 상실했기에 벌어지는 일이었다. 자신이 온갖 사랑을 베풀었던 이호나, 일평생을 함께 살아왔던 아내나, 연약한 여성에게 칼을 들이대는 괴한이나, 승우에게는 그다지 커다란 느낌 차이를 유발하지 않는 것이다.

　나의 예전 환자 J 또한 승우와 비슷했다. 자신에게 다가오는 친밀한 사람과 사기꾼 사이의 느낌 차이를 잃어버렸다. 그래서 그가 사귄 것은 주로 고도로 지능적인 사기꾼들이었다. 이 같은 인간에 대한 느낌의 구분은 업무에 있어서의 집중도나 의무감과 긴밀한 관계가 있다. 인간은 자신에게 절친한 사람에 대한 애정에서 비롯하여 업무에 몰두한다. 직장 사람이나 가족에 대한 애정을 잃었을 때 일에 대한 애정 또한 식어버리는 것은 어쩌면 당연한 일일 것이다.

　뇌 수술 이전의 승우를 특징짓는 감정은 자신의 업무에

대한 강한 책임감이었다. 나는 수술 전날 직장 동료를 염려하여 병상에 앉아 작업에 몰두하던 그의 옛 모습을 잊을 수 없었다. 그토록 자신의 일과 주변 사람에게 깊은 애정을 품었던 그가 다시 출근하였을 때에는 백팔십 도 변해 있었다. 일에 대한 책임감이 깡그리 사라져서 일하는 것과 노는 것을 구분하지 못했으며, 심지어는 중요한 업무 미팅의 와중에도 자리에서 벌떡 일어나서 바깥으로 나가버리곤 했다. 길에서 만난 부랑아와 어울려 시시껄렁한 농담을 주고받았으며, 이들과 함께 사나흘을 노숙하며 시간을 허비하기도 했다.

그와 동시에 그의 강박증은 점점 심해졌다. 내가 그를 다시 만났을 때 그는 자그마한 수첩이 아니라 아예 커다란 스케치북을 들고 나타났다. 나와 면담할 때나 심지어는 치료를 받을 때에도 그는 스케치북에 그릴 그림의 궁리뿐이었다. 무엇을 그렇게 열심히 그리느냐고 물어보면, 그가 내게 보여준 것은 반듯반듯한 정사각형 모양의 이집트 상형문자를 닮은 도형들이었다. 어떤 도형은 어류를 닮았다. 어떤 도형은 개나 고양이를 묘사한 듯도 했다. 그러나 인간에 대한 애정을 잃어버린 인간이 무슨 의미를 담아서 그림을 그린단 말인가. 수많은 도형들로 가득 채워진 그의 스케치북은 세상사로부터 동떨어진 어느 인간의 점점 기괴해지는 내면세계를 표현할 뿐이었다.

피니어스 게이지는 그의 말년에 열쇠나 쇠구슬, 쇠고리 같은 쇠붙이를 모으는 데 열중했다고 한다. 회계사 J는 볼펜이나 연필 같은 필기구를 강박적으로 모았다. 승우 또한 강박적인 집착을 가지고 아무런 의미도 없고, 내용도 알지 못할 기괴한 도형들을 잔뜩 그려나간 것이리라. 피니어스 게이지나 회계사 J가 말년의 불행을 피하지 못했듯, 승우 또한 비참한 사건의 연발을 피할 길이 없었다. 그는 목숨처럼 소중하게 여겼던 노동자 연합으로부터 해고되고 말았으며, 오랜 세월 정신적 동반자였던 아내와도 헤어졌다. 남한강 인근의 산기슭에 위치한 어느 폐가에 기거하며 여기저기를 떠돌다가 강둑에서 실족사하고 만 것이다.

그의 죽음을 접하며, 나는 내 수술이나 그 뒤의 치료들이 제 역할을 하지 못한 것에 가슴이 아팠다. 이와 함께 뇌의 복잡한 기능에 대해 다시 생각할 수밖에 없었다. 뇌의 감정적 기능이란 인지 기능이나 운동 기능 못지않게 소중한 역할일지 모른다. 한 인간에게 있어서 감정 기능의 손상은 그 어떤 다른 손상 못지않은 심각한 비극을 초래할 수도 있다.

3.

승우의 스케치북은 이준의 연구실 사물함에 보관되었다. 승우의 죽음으로부터 이 년의 세월이 흐른 어느 날 이준의 레지던트가 그 스케치북을 열어보았다. 그는 수학적 분석력이 탁월한 젊은이였다. 그는 스케치북의 그림에서 기묘한 패턴을 발견했다. 그 도형들은 단 하나도 반복되지 않았기에, 그 그림이 이집트의 상형문자처럼 무슨 뜻을 내포하거나, 그 어떤 문자 체계라고 판단할 수는 없었다. 그럼에도 어류, 조류, 포유류처럼 생긴 도형과 그에 이어지는 따옴표의 배열에는 눈에 잘 띠지 않는 기묘한 질서가 숨겨져 있었다.

〈어류1-조류4-포유류3 따옴표, 어류2-조류2-포유류1 따옴표, 어류2-조류4-포유류5 따옴표…….〉

이러한 정렬은 그 그림이 아무렇게나 그려진 것이 아니며, 그 어떤 질서에 따라 배열되었음을 암시하고 있었다. 슈퍼컴퓨터를 이용해 분석해본 결과 그 그림이 일종의 문자 체계임이 드러났다. 그 스케치북은 승우가 창조해낸 고유의 언어로 쓰인 나름의 수기였다. 물론 이 뜻밖의 기록은 감정 손상 환자의 글이기에, 보통 사람의 입장에서는 이해하기 까다로운 부분도 적지 않았다. 그럼에도 그런 공백에다가는 문맥에 적합한 '감정 표현'을 덧씌워 재구성하자 나름 의미 있는 글로 바뀌었다.

승우의 수기

이준 교수는 내 상황을 잘 분석하고 있었다. 나는 감정 손상 환자인 것이다. 그동안 내가 맺어왔던 긴밀한 인간관계와, 그들과 나누었던 감정을 잃어버렸다는 이야기는 (보통 사람 입장에서는 '안타깝게도') 사실일 것이다. 나는 내 아이하고 축구 시합 사이에서 어느 편이 내게 '소중한지' 판별해낼 자신이 없다. 다만 한 가지, 내 의식이 그 어떤 사안에도 몰입하지 못하며, 기분 내키는 대로 이 사건 저 사건 옮겨 다니곤 해서, 집중력을 아예 잃어버렸다는 이 교수의 판단은 진실과는 거리가 있다.

지금 내 머릿속은 무수한 상념이 들끓고 있다. 생각의 타래가 너무 복잡하게 얽힌 채(예전의 나 같으면 도무지 감당하기 어려웠을), 수천, 수만의 사안이 밀려들고 있어서, 최근

사나흘 나는 단 한 순간도 잠을 이루지 못했다. 예전의 나였더라면 이런 상황을 '극한의 압박감'이나, '사정없이 짓누르는 무게'라고 표현했을지 모른다. 이토록 넘쳐흐르는 사유로 인해 내 뇌의 일부가 타버렸거나 아예 망가졌을지 모른다. 그럼에도 이 많은 생각에 뇌세포 하나하나가 초집중하고 있기에, 타인의 시선에 나는 매사에 건성인 듯 보이거나, 그 어떤 사안에도 집중하지 못하는 어정뱅이처럼 여겨지리라. 다시 한번 밝히지만 그것은 겉모습일 뿐 진실은 아니다.

한 가지 흥미로운 현실은, 이런 복잡한 상황이 나를 '압박한다거나' '미치게' 하는 것만은 아니라는 점이다. 차라리 수술 이전의 표현을 쓰자면 희미한 '행복감' 같은 것을 느끼게 한다. '번뇌'에 사로잡혔다거나, '미칠 것 같은' 고통에 사로잡혔다고나 묘사할, 생각의 들끓음 가운데 미묘한 '행복감'마저 느끼며 나는 이 글을 써나간다…….

퇴원한 뒤 직장에 나갔을 때였다. 직장 동료들이 나를 빙 둘러쌌다. 편집장은 이젠 나아졌냐며 내 손을 잡아 흔들었다. 그는 내 머리카락이 아직 짧다며 싱글벙글 웃었는데, 그의 살찐 턱과 거무스레한 수염 자국을 보는 순간 칠

년 전 그를 편집부로 이끌었던 일이 떠올랐다. 당시에 나는 그와 자주 술을 마셨으며, 단 둘이 등산도 여기저기 다녔던 것으로 기억한다. 그 당시의 나는 편집장더러 같이 일 해보자고 꽤나 '열심히' 설득했던 것 같다. 그럼에도 내 기억의 술자리 모습이나 그와의 등산 장면은 마치 무성영화의 짤막한 컷처럼 단속적인 인상으로 남아 있다. 그 인상에 결부된 당시의 느낌을 되살리려 '애쓰면,' 이는 손으로 잡아보려는 안개처럼 무언가 느껴지려다가 금방 사라져서 아무것도 남지 않는다.

직장 사람들은 나를 가운데 앉혀놓고 빙 둘러앉았다. 편집장은 내가 없던 동안 편집부의 분위기가 적지 않게 침체되었다고 했다. 내가 입원하는 바람에 여러 업무가 마비되었거니와, 반대로 저들의 공작은 한층 극렬하게 진행되었다는 것이다(저들이 누구일까……? 나는 잠시 생각에 잠겨들었다. 나중에야 경영자 연합이 떠올랐다). 얌전해 보이는 여직원은 누군가가 우리의 대화방까지 해킹한 것 같다고 했다. 이제 소장님이 돌아오셨으니 우리를 그리 만만하게 보지 못할 거라며 웃었다(직장 사람들은 대체로 '저들'에 대해 적의를 품은 것 같았다. 이와 반대로 '우리'끼리는 잘 단합된 느낌이었다). 그런데 어느 순간엔가, 내가 왜 이곳에 왔지? 하는 의

문이 퍼뜩 떠올랐다. 잠시 생각해보았지만 이유를 알 수
없었다.

직장 사람들의 환담이 이어졌다. 그들이 웃으면 나도 따
라 웃었고, 그들이 즐거운 표정을 지으면 나도 그들과 비
슷한 표정을 지었다. 잠시 뒤에야 내가 이곳에 온 이유를
알게 되었다. 생각해보면 지난 십여 년 자고 일어나면 이곳
에 왔던 듯했다. 오늘 아침도 아침을 먹자마자 오십구 번
버스를 타고 이곳 충장로에서 내렸다. 그러니까 그것은 내
의지의 작동이라기보다는 육체의 기억이었다. 그것 이외
에는 별다른 이유가 느껴지지 않는다는 사실이 조금 이상
했지만, 그건 그다지 중요하지 않았다. 다만 내가 오늘 아
침 이곳을 무의식적으로 찾아왔듯, 어느새 이곳으로부터
벗어나고 싶었을 뿐이다.

틀림없이 내일도 이곳에 올 것이라는 예감이 스쳤는데,
그것은 도무지 어쩔 도리가 없는 육체의 자동 움직임 같았
다. 아무튼 나는 이곳에서 벗어나고 싶었으며, 화장실에라
도 가려는지 여직원이 자리에서 일어났을 때, 나는 무심결
에 그녀를 따라 일어났다. 편집장이 이상한 눈빛으로 나를
바라보고 있었다. 문을 열고 밖으로 나서자 선선한 바람이
불어와서 내 기분을 상쾌하게 해주었다.

내게는 직장 사람뿐 아니라 대개의 사람들이 낯설게 느껴진다. 이런 낯설음은 분명 뇌 수술로 인한 변화일 텐데, 어떤 변화가 이런 거리감을 만든 것일까? ……그런 거리감을 가장 극심하게 느낀 상대는 물론 아내였다. 실상 내가 퇴원하던 순간 택시를 타고 함께 돌아온 사람은 바로 아내였다. 아니 그 이전, 병상에서 깨어났을 때 처음 눈이 마주친 사람도 아내였다. 병실의 복도에서 걷기 운동을 할 때 옆에 서서 나를 부축해준 이 또한 아내였다.

그녀는 마치 내가 갓난아이일 때부터 그랬던 것처럼, 내 환자복의 하의를 벗겨놓고 투명한 호스로 흘러내린 소변을 플라스틱 통에 받아 변기에 내리기까지 했다. 나는 한 여자가 그토록 내게 달라붙어 시중을 든다는 사실이 이상하기도 했지만 조금 싫었다. 그럼에도 그때에는 옴짝달싹할 수 없는 상황이었기에, 아내가 아닌 다른 누구의 도움이라도 어쩔 도리 없이 받아들여야 했을 것이다.

퇴원하여 집으로 돌아왔을 때 아내와 같은 식탁에서 밥을 먹어야 하고, 아내와 한 침대에서 자야 한다는 사실에 적지 않게 놀랐다. 돌이켜보니 예전에도 그랬던 것 같다. 그러나 나는 더 이상 병상의 환자는 아니었다. 나 혼자도 잘 수 있고, 나 혼자도 밥을 먹을 수 있다고 하자, 아내는 조금 당황하는 눈치였다. 그럼에도 아픈 사람을 배려하듯 체념한 어조로 당신 편할 대로 하라고 했다. 나는 마룻바닥에 이불을 깔고 혼자 잠을 청했다.

　집 안에서의 생활은 조금은 낯설고 어색한 순간의 연속이었다. 예를 들자면 책상 위에 놓인 액자들을 내다 버렸을 때가 그랬다. 아내가 당황하여 그 사진들이 어디에 갔느냐고 내게 물었다. 사진이라니? 나는 잠시 어리둥절했다. 조금 시간이 흐른 뒤에야 액자에 사진이 들었던 사실을 깨달았다. 나는 휴지통에 버렸다고 대답했다. 휴지통의 내용물이야 죄다 쓰레기봉투에 넣어 밖에 내다 버렸기에, 청소부가 벌써 수거해 갔을 거라고 덧붙였다. 아내는 극도로 당황한 눈빛이었다. 그건 이호의 사진 아니냐고 내게 물었다. 그 순간 그녀 눈동자의 이상한 흔들림······. 나는 그녀의 떨리는 눈동자가 보기 싫었기에 슬그머니 외면했다. 그러면서, 그야 나도 알고 있다고 대답했다. 하지만 작업 공간이 필요했기에 어쩔 수 없었다고 대답했다.
　그녀는 마치 혼절하기 직전의 사람처럼 자신의 머리카락을 움켜쥐더니 절망적인 표정으로 바뀌었다. 당신은 이호 아빠 아니냐고 소스라쳐서 외쳤다. 이호가 죽었을 때

먹지도 마시지도 못하고 흐느끼지 않았느냐며, 아내는 머리카락을 움켜쥔 손을 흔들었다. 그런 아내의 모습이 보기 언짢았기에 나는 그만 입을 다물고 말았다. 그럼에도 돌이켜보면 아내의 말이 틀린 것은 아니었다. 아무것도 먹지 않고 한밤중에 흐느꼈던 그 무렵의 내 모습이 언뜻 뇌리에 되살아난 것이다.

왜 그랬을까? 지금의 나로서야 상상하기 힘든 정황이었다. 아들 사진까지 버릴 정도면, 이혼도 버릴 수 있는 거 아니냐며, 아내는 방바닥에 주저앉아 넋두리하듯 중얼거렸다. 나는 사진 속의 사람하고 실제의 사람이야 다르지 않느냐고 변명했다. 사진이야 버릴 수 있지만, 실제의 사람을 어떻게 버리느냐고 중얼거렸던 것 같다. 그러자 아내가 아무런 대꾸도 하지 않고 나를 뚫어져라 바라보았다. 잠시 흐르던 침묵을 깨뜨린 것은 아내였다. 이호가 누구야? 당신 살로 빚어내고, 당신 피로 키워낸 아이 아니야? 당신에겐 이호하고 남의 집 아이가 어떻게 다르지? 아내는 창백한 얼굴빛이 되어 혼잣말이라도 하듯 늘어놓고 있었다.

내 병증에 대한 의문이 스친 것이 바로 그 순간 아닌가 싶다. 과연 이호가 남의 집 아이와 어떻게 다를까? 그 질문은 이호와 남의 집 아이가 나에게 어떤 다른 중요성을 지니느냐는 뜻일 것이다. 이호에 대해서라면 내 기억에 여러 흔적이 남아 있다. 젖병을 물려 내가 직접 우유를 먹여준 적이 여러 번 있다. 우유를 먹인 뒤 방긋 웃는 아가의 입 주위에 묻은 우유를 닦아주기도 했다. 때로는 까르르 웃는 아가를 발 위에 얹힌 채 방바닥에 드러누워 둥개둥개 천장 방향으로 밀어주기도 했다. 그러나 그 기억들은 대체로 흐릿하다.

이와 반대로 방금 전에 엘리베이터에서 만난 사 층 아이의 기억은 생생하다. 두 아이 가운데 누가 생생한 기억으로 남느냐고 묻는다면, 그것은 바로 사 층 아이일 것이다. 두 아이 가운데 누가 내게 더 중요하냐고 묻는다면……, 그건 잘 모르겠다. 이호는 죽었다. 사 층 아이는 살아 있다. 따라서 사 층의 아이가 더 중요하지 않을까? 그럼에도 여러 사건의 기억은 이호 쪽이 더 많다. 그러나 사건을 기억하는 것이 무슨 중요성이 있다는 것인가?

*

그렇게 해서 나와 아내는 이준 교수를 찾게 되었다. 이준 교수는 내가 전전두엽의 신경조직이 파괴된 감정 손상

증후군을 겪고 있다고 알려주었다. 기억에 결부된 감정이 희미해졌다는 뜻이다. 집에 와서 인터넷 검색을 해보았다. 몇몇 뇌 신경학 서적을 사서 읽어보기도 했다. 그제야 내 정황의 본질을 이해할 수 있었다. 예전의 나는 매 순간 기억에 얽힌 다양한 감정을 느끼며 살아왔다. 어마어마한 감정의 폭포수를 맞으며 살았다고나 할까. 지금은 그때와 달리 조용하고 차분하다. 어느 때가 정상이고 어느 때가 비정상일까? 그건 잘 모르겠다. 예전에야 어땠는지 모르지만, 지금은 지극히 평온한 날들을 맞이하기 때문이다.

아내는 지금의 나를 못 견뎌 한다. 그건 이해가 되는 일이다. 그녀가 결혼해서 같이 살았던 사람은 예전의 나였을 테니까. 그녀에게는 지금의 내가 정체성이 바뀌어버린 낯선 존재로 느껴질 것이 분명하다. 어느 고요한 저녁이었다. 아내는 겉표지가 닳고 실밥이 흐트러진 노트 한 권을 내게 건넸다. 그것은 제법 오래 돼서 색이 바랬지만, 생각해보니 그리 낯설지 않은 노트였다. 오래전 고등학생 시절에 그 노트를 간직했던 기억과, 그 안에 무언가를 기록했던 일들이 무심결에 떠올랐다. 조금 더 돌이켜보니, 그 노트는 바로 내 학창 시절의 일기장이었다.

노란 포스트잇이 끼워진 페이지를 펼쳐보았다. 1987년

5월 1일로 시작하고 있었다. 돌이켜보면 1987년은 시민들의 함성이며 최루탄 소리가 꽤나 요란했던 시절이다. 당시 고등학생이었던 나는 『전태일 평전』이라는 책을 읽고 독후감을 썼다. 노트에는 전태일이 재단사 일을 하며 자신보다 어린 여공들을 보살피는 장면이 묘사되어 있었다. 자신의 급여를 털어 어린 여공들에게 풀빵을 사주고, 자신은 차비가 없어서 먼 길을 걸어 한밤중에야 집에 돌아오곤 했다고 한다. 그토록 헌신적인 전태일에게 내 자신이 뜨거운 감동을 느낀다고 쓰여 있었다('뜨거운 감동'이라는 표현이 조금 어색했다. 나는 어린 여공에게 풀빵을 사주는 전태일의 모습을 머릿속에 그려보았다. 그러면서 뜨거운 그 무엇이 내 마음에 이는지를 살펴보았다. 느껴지는 것은 없었다).

그에 이어지는 페이지에는 전태일이 억압에 항거하기 위해 스스로의 몸에 휘발유를 뿌리는 장면이 묘사되어 있었다. 동료가 몸에 불을 붙이자 뜨거운 불기운이 목구멍에 확확 끼치며, 나는 기계가 아니라 사람이라고 외치던 모습이 묘사되어 있었다. 그런 그의 죽음을 견딜 길이 없어서 그만 눈물을 쏟고 말았다는 이야기……(전태일이 몸에 불을 붙인 이유야 당연하다. 그 어떤 긴박한 모험영화의 클라이맥스 같다고나 할까. 그런데 나는 어쩌자고 눈물을 쏟았을까? 그 시절의 내가 이해되지 않았다).

그 뒤에 이어지는 페이지에는 며칠 뒤에 있던 독서 모임 장면이었다(그래, 고등학교 2학년 때 독서 모임……. 아내도 그 모임에서 만났지……). 모임의 동료들은 『전태일 평전』을 읽은 느낌을 돌아가며 이야기했다. 주희가 가장 인상 깊었다. 그녀 또한 그 책에 깊이 감동하고 있었다. 그녀는 나와 비슷한 대목에서 눈물을 흘렸다고 한다. 그 순간 밀려들던 친밀감. 한 권의 책이 '우리'를 하나로 연결시켜준 것이다……(그 순간 나를 바라보는 아내의 표정이 느껴졌다). 아내는 내가 옛날의 나를 회상해보고, 그 시절의 나를 느껴보기를 바라는 듯했다(포스트잇을 끼워놓고 노트를 권한 것도 그런 이유에서였을까?). 그럼에도 나는 조금 당황스러웠다. 같은 책을 읽고, 같은 구절에서 눈물을 흘리다니? 그 결과 아내와 내가 '우리'로 연결되었다? 이건 과연 어떻게 된 일일까?

실상 나는 이 여자에게 무한한 거리를 느낀다. 이 여자뿐 아니라 세상의 그 누구하고도 무한한 거리를 느낀다. 그런데 이 여자와 같은 책을 읽고 서로 긴밀하게 연결되었다는 노트 속의 일화는 이해하기 힘들 뿐 아니라, 꽤나 어처구니가 없었다. 그럼에도 일기장에 쓰인 '우리'라는 단어를 보자, 더 기이했던 며칠 전의 사건이 떠올랐다……

직장 사람들과 함께 점심 식사를 하러 식당 안에 들어갔을 때였다. 당시 식당 텔레비전에서는 마침 월드컵 예선 경기가 치러지고 있었다. 일본과의 게임이었다. 영 대 영! 직장 사람들이 아주 중요한 순간에 도착했다며 기뻐했다. 그들은 화면에 빨려들 듯 눈을 떼지 못하고서 텔레비전 가까이에 자리를 잡았다. 대한민국의 스트라이커가 골을 드리블하여 일본 선수 여럿을 제치고 골키퍼를 향해 뛰어들던 순간이었다. 직장동료 여럿이 주먹을 불끈 쥐고 자리에서 일어서며 아자! 하고 함성을 내질렀다. 스트라이커가 돌진하며 골키퍼를 제쳤지만 공을 골대 옆으로 날려버리자, 직장 사람들은 아! 하는 탄식을 내뱉으며 안타까워했다.

그런데 그들이 긴장하거나 흥분하는 매 순간 서로가 서로의 눈빛을 살피며 상대의 감정을 헤아리려 애쓰고 있었다. 상대가 자신과 비슷한 감정에 사로잡힌 것을 확인할 때 그들의 기쁨은 배가 되는 것 같았다. 그 순간 그들이 느끼려던 것이 바로 '우리' 아닐까? 그때를 돌이켜보면 무언가가 어색하고 기이했는데, 자신이 어떤 집단에 속했다고 믿으며, 그들과 비슷한 무엇을 느낀다고 좋아하다니…….그들과 달리 세상의 그 어디에도 소속되지 않으며, 그 누구와도 연결되지 못한 나는 어떤 존재일까, 하는 생각에 사로잡혔다.

따지고 보면 내 스스로에 대해 그때만큼이나 오랜 시간 생각에 잠겨본 적이 없는 것 같다. 직장 사람들이 슛! 하고 외치며 일제히 일어서서 탁상 위의 접시를 엎지를 뻔했다. 그들은 그런 사실에 거의 주의를 기울이지 못했지만, 접시를 붙잡아서 제자리에 가져다놓은 것은 그 누구와도 유대를 느끼지 못하는 나, 고요하고도 무심한 눈빛의 나였다.

*

인간이란 갖가지 감정이 깃든 무수한 기억에 둘러싸여 인간관계를 맺는다. 감정이 삭제된 무성영화의 장면 같은 기억만을 보유한 존재는 인간다움을 상실한 이일 것이다. 직장 사람들이나 아내가 나를 바라볼 때, 조금은 피상적으로 느껴지는 내 눈빛에 당황하는 것은 놀랄 일이 아니다 (나는 이런 요지의 이야기를 이준 교수로부터 듣고 있었다). 그는 그 어떤 심오한 느낌이 배어 있지 않은 기억들이란 쓰레기 하치장의 쓰레기 비슷한 것 아니겠냐고 이야기했다(나는 잠자코 그림 그리기에 열중했다). 이준 교수는 감정이 탈색된 기억을 안고서는 제대로 된 미래 설계를 할 수 없다고 덧붙였다. 나와 달리, 대개의 사람들은 과거의 절절한 감정으로부터 다른 인간에의 애정을 길어내며, 의미를 담은 미래를 설계해 나아간다고 했다(나는 스케치북에 시선을 기울인 채 도형 그림을 그렸지만, 그의 요지 또한 선명히 이해하고 있었다).

이준 교수가 가장 충격을 받은 것은, 내가 같은 아파트의 사 층에 사는 아이와 내 아이 사이에서 중요성을 구분하지 못한다는 일화를 아내로부터 듣던 순간이다(이준 교수는 서글퍼 보이는 눈빛으로 나를 바라보고 있었다. 나 또한 이준 교수를 힐끗 쳐다보았다). 그는 피니어스 게이지의 사례나 J 같은 다른 감정 손상 환자의 이야기를 내게 해주었다. 그들은 하나같이 어떤 선택이 자신에게 의미 있는 것인지를 판별하지 못했으며, 주변의 간곡한 만류에도 불구하고 어리석은 실수를 반복해서, 결국 주변의 모든 인간관계를 망가뜨린 채 쓸쓸한 종말을 향해 나아갔다고 했다.

나는 이어지는 도형의 형상을 구상하고 있었다. 그럼에도 어느 순간엔가는 뇌 신경학 책에서 읽었던 구절이 선연하게 떠올랐다. '인간이 느끼는 유대란 일종의 생존 본능이며, 그런 본능 없이는 삶을 지속시키기 어렵다'는 내용. 내 삶의 지속에 대해서라면 나는 그다지 깊은 관심이 없다. 따라서 내 자신이 피니어스 게이지나 회계사 J와 비슷한 인생의 종착역을 향하더라도 아무런 상관없다. 다만 이준 교수가 나더러 가족영화나 사랑영화를 열심히 보라고 권유했을 때, 그 이야기에 귀가 기울여졌다. 이준 교수는 영화에 나오는 인간관계에의 숙고가 그 어떤 도움이 될지 모른다고 했는데, 나는 그와는 다른 의미에서 고개가 끄덕여졌다.

이준 교수는 최근에 개발된 척수 주사가 있다고 덧붙였다. '케이진K-gene'이라는 이름의 그 약은 시들어버린 내 두뇌의 신경세포를 되살릴 탈출구일지 모른다고 권유했다. 아내가 간절한 눈빛으로 나를 바라보고 있었다. 그 약을 맞는 순간 머리카락이 곤두서고 온몸의 피가 거꾸로 솟아 뇌가 터져버릴 것 같았다. 집에 와서 아내가 내 등을 얼음찜질해줄 때까지도 등줄기가 불타는 듯 화끈거렸다. 저녁 무렵에는 이준 교수가 권유했듯 영화 사이트에서 영화 두어 편을 다운받았다. 내가 플레이한 것은 남녀의 사랑을 다룬 내용으로, 제목도 기억나지 않는 밋밋한 줄거리였는데, 영화가 중반부로 흐를 즈음, 그날 맞은 주사약이 신경세포를 따라 두뇌 곳곳으로 흘러드는 느낌이었다. 문득 영화의 장면 장면이 커다랗게 확장되어 보이기 시작했다. 주인공 앞에 놓인 경우의 수가 무한정 늘어나서, 그 어떤 선택에 따라서는 마치 주인공이 토성으로 떠나거나 화성에 유배되듯, 확연하게 다른 세계가 펼쳐지는 느낌이었다.

나는 인과관계의 확률을 따지기 시작했다. 사건이 어떤 방식으로 전개될지를 헤아리는 것은 무슨 복잡한 알고리즘을 풀어나가는 과정과 비슷했다. 대다수의 사람에게 이 영화란 남녀 사이의 감정의 갈피를 따라 전개되는 진부한 스토리일지 모른다. 영화의 결론 또한 순수한 사랑이 부나 명예보다 중요하다는 식상한 내용이었다. 내게는 영화가 끝나는 순간까지 머릿속이 터질 듯 복잡하기만 했다. 겹겹의 가능성, 무한한 경우의 수, 서로 엇갈려 펼쳐지는 뜻밖의 세계, 이 모든 것이 현란하게 전개되며 스물두 개의 다른 우주가 한꺼번에 등장하는 느낌이었다.

그날 새벽과 그다음 날 저녁까지 나는 무려 스무 편 가까운 영화를 잇달아 시청했다. 가족영화, 애정영화, 역사물, 에스에프 등 다양한 장르였다. 가족영화는 내게 소중한 단서를 제공하고 있었다. 대개의 사람들에게 '가족'만큼 소중한 것은 없다는 사실과, 가족끼리는 그 테두리 바깥의 사람과는 비교할 바 없는 에너지로 결속되어 있다는 것, 따라서 아버지가 자기 아이의 사진을 내다 버리는 행위는 아이에 대한 애정이 사라졌을 때나 하는 짓이라는 것, 그러자 아내의 충격이며 비탄이(느껴진 것은 아니지만) 그러리라

이해되었다.

내가 이호의 사진을 내다 버린다, 아내는 내 행동에 절망하여 머리카락을 부여잡는다, 무심결에 그랬다는 내 답변이 아내를 숨 막히게 비감한 상황으로 몰아간다, 이처럼 감정의 가닥을 따라가는 일이란 복잡하게 엉킨 실타래를 풀어헤치는 것과 비슷했다. 실의 한 가닥 한 가닥이란 인과관계의 다양한 경로로서, 그것을 따져서 무한한 가능성 가운데 제대로 된 가닥을 풀어내는 일은, 비록 형언할 길 없이 골치 아픈 작업이기는 했지만, 바로 그 한 가닥 실처럼 가느다란 행복감마저 느끼게 했다.

아마도 내가 밟아야 하는 논리회로는 보통 사람으로서는 감정의 선을 따라가면 그만일 단조로운 과정일지 모른다. 아니, 아예 사소한 두뇌 회전조차 사용할 필요 없을 자동 프로세스일 것이다. 그럼에도 나에게는 골머리를 앓게 하는 겹겹의 미로였으며, 이를 헤쳐 나아가는 일이야 두뇌 노동 가운데 가장 극렬한 두뇌 노동이었다. 아내의 눈동자의 보기 싫었던 떨림이며, 머리카락을 쥐어뜯던 기이한 몸짓이 이제야 내 머릿속의 미로에서 제대로 된 방향을 잡기 시작했다. 누군가는 내가 이런 절차를 밟음으로써 재사회화에의 노력을 기울인다고 평가할지 모른다. 타인의 감정

에 대한 이해력을 높여 함께 살아갈 방법을 터득하려는 안
간힘처럼 보인다는 뜻이다. 나에게 그런 의도라고는 전혀
없다.

영화를 시청해보라는 이준 교수의 조언이 기막힌 효과
를 발휘하지 않았느냐고 물어 올 이도 있을지 모른다. 내
가 영화 시청으로부터 얻어낸 것은 이준 교수나 아내가 원
했던 것과는 반대되는 그 무엇이었다. 그것은 다른 한편에
서는 이준 교수가 투여한 약물 효과와 관련이 깊었는데,
그 약은 시들어버린 감정 세포를 살려내지 못한 반면, 두뇌
의 엉뚱한 영역을 활성화한 것이다. 따지고 보면 인간 두뇌
에는 완연하게 구분되는 제각각의 영역이 존재하는 것 같
다. 사망 선고를 받아서 돌처럼 굳어버린 '감정 영역' 대신
내 두뇌의 전혀 다른 부위가 활활 타오르기 시작했다. 그
부위는 어쩌면 이백 년 전의 독일 철학자 이마누엘 칸트가
애지중지했던 순수이성의 영역일지 모른다.

내가 이십여 편의 영화를 관람하며 몰입했던 것은 바로
진위의 문제였다. 따지고 보면 뇌 수술 직전까지, 내 자신
은 감정적인 유대를 토대삼아 인간관계를 쌓아온 것 아닌
가 싶다. 뇌 수술 직후부터는 오직 사물의 진위에 주목하
게 된 듯하다. 이호의 사진이 들어 있는 액자를 치워버린

까닭도, 책상을 비우고 그 위에서 한일전 축구 시합의 시뮬레이션을 해보려던 탓이었다. 내게는 죽은 자식에 대한 '집착'이나, 아이 사진에 대한 '잔정'보다는, 축구 시합의 정밀한 '판별'이 중요했던 것이다.

실상 그 시합에 대해 이야기하자면, 그 시합을 관람했던 식당의 직장 동료들은 시합의 진위 자체에는 나 같은 관심이 없었다. 그들에게 중요했던 것은 함께 환호하고 함께 안타까워하며 옆 사람의 표정을 살피는 일이었으리라. 심지어 그 시합의 주심조차도 골을 모는 스트라이커라든지, 골 주변의 선수들의 움직임에 주목했을 뿐, 시합 전체의 전경에는 깊은 주의를 기울이기 힘들었다. 모든 선수의 움직임 하나하나와 그들의 표정과 사소한 몸짓에까지 시선을 기울였던 이는 나 홀로였을 것이다.

*

이제 와서 내 정황이 조금이나마 이해된다. 뇌 수술 이후 내 주변 사람에 대한 감정이 아득해진 것은 일종의 교환trade-off이라는 생각이 스친다. 자폐아의 경우 두뇌의 언어능력을 잃어버린 대신 수리나 계산능력이 보통 사람보다 여러 배 활성화되어 있다. 아인슈타인의 뇌는 의사소통 영역에서 둔감해진 반면 상상력의 회로가 극도로 민감해졌다고 한다. 내 경우는 그 어떤 감정을 되살리려 애쓰면 먼지바람이 일듯 뿌옇고 아득한 느낌뿐이지만, 사안의 진위에 대해서만큼은 수백 배 배율의 현미경으로 들여다보듯 정밀해졌다.

다시 그 시끌벅적했던 축구 시합의 날로 돌아가자. 주문을 받는 웨이트리스건, 주방 저편의 요리사건, 점심을 먹기 위해 모인 손님이건, 죄다 대-한-민-국을 외치며 함께 손뼉을 두드리고, 환호하며 일체가 되어 있었다. 그럼에도 진위의 관점에서 그 경기는 오심으로 얼룩진 시합이었다. 심판의 휘슬은 무려 일곱 차례나 한국 선수에게 유리하게 불렸다. 그 가운데 두 번은 치명적이었다. 그럼에도 이를 관람하는 식당 안의 인물이야 죄다 같은 편이었기에, 게임이 공정하게 진행되었다는 착시 현상에 사로잡혀 있었다. 시합이 무승부로 끝났을 때에야, 그 자리에 모인 이들의 동류의식은 아련한 자취만 남긴 채 희미해졌다. 요리사는 원래의 요리사의 자리로 돌아갔다. 웨이트리스는 음식을 나르느라 바빠졌다. 직장 사람들은 다시 편집부의 직원이 되어 슬슬 사무실로 돌아갈 차비를 하고 있었다.

직원들이 사무실에 돌아왔을 때에는 정체성이 다시 바뀌기 시작했다. 어느새 한일전 시합 때의 정체성을 벗어던지고 노동자연합의 외피로 갈아입어, 이제는 경영자총연합과 대립하는 전혀 다른 싸움에의 의지를 불태우고 있었다. ……지금 이 순간 내 정면 벽 한가운데 노동조합의 기반을 세우려다 자결한 전태일의 부조가 눈에 들어온다. 예전에 그를 바라볼 때면 눈물겨운 시선으로 변하곤 했지만, 이제는 무한한 거리감 가운데 무언가를 가늠하고 있다. 전태일의 분신이 도화선이 되어, '노동하는 사람'과 '노동하지 않는 사람'이라는 구분이 뚜렷해졌다. 그의 노력에 힘입어 '저들'에 의해 '우리'가 착취당하고 있다는 노동착취의 개념 또한 이 땅의 노동자가 공유하는 인식으로 바뀌었다(어제 맞은 세 번째 주사의 기운이 등골을 화끈거리게 한다. 그 바람에 전태일을 둘러싼 인류사적인 사건이 앞 다투어 밀려들기 시작한다). 전태일의 죽음 이후 반세기 넘는 투쟁의 결과, 지금 내 눈앞에 펼쳐진 사무 공간과 그 안에서 작업하는 직장동료가 존재하게 되었다. 노동의 지위를 높이려던 무수한 역사적인 사건과 이에 일체를 이룬 집단의식의 군무群舞가 펼쳐지려는 순간이다.

나는 백지 한 묶음을 꺼내 책상에 펼쳐놓았다. 전태일

본인은 스스로가 세계사적 파도에 올라탔다는 사실을 자각하지 못한 채 죽어갔다. 전태일보다 한 세대 앞서서는 스타하노프라는 노동자가 그 물결에 올라타 있었다. 그는 일개 갱도 속의 광부에 불과했지만, 그의 곡괭이질 속도가 소련 생산력 증진의 지표로 추앙받은 것이다. 전 국가적인 노동추앙의 함성이 스타하노프를 중심으로 울려 퍼졌다(머릿속의 뜨거운 기운이 불길로 타올라 뇌를 연소시키고, 나는 신열에 휩싸여 백지에 그림을 그려나간다). 한일전 축구 시합이 불과 두 시간 동안 펼쳐진 스물두 선수 사이의 몸싸움에 불과했다면, 지금 내가 그려나가는 도표는 수천 년 인류사에서 펼쳐진 대다수 인간 군상의 일대 세계관의 전쟁이었다. 전태일에서 시작한 사유는 스타하노프에 이르렀고, 이어서 중국에서 전개된 '노동의 문화'와 '노동 부재의 문화'를 뒤바꾸려던 일대 혁명으로 치닫고 있었다. 혁명의 요란했던 날갯짓은 인간 의식의 미성숙이라는 과제를 남긴 채 실패로 끝났지만, 문화 뒤바꾸기라는 거대한 이상만큼은 노동자주의의 심오한 정신을 담고 있었다. 세계 곳곳에서 밀물처럼 밀려든 노동자주의는 오직 '노동'만이 세상만물의 가치를 증식시킨다는 존 로크의 사유에서 유래한 것이다. 이어서 내 도표는 노예와 주인 사이의 생사를 건

싸움으로 전개되었다. 그 싸움은 노예의 패배로 끝나는 것처럼 보이지만, 뜻밖에도, 오직 노동만이 창조적인 성격을 지니기에 비천한 노예가, 일하지 않는 주인을 능가하고 만다는 헤겔의 역설에 이른다…….

도표 그리기에 열중하고 있는 내 앞에 편집장이 서 있었다. 테이블 위에는 스무 장도 더 되는 새까만 분석표가 놓여 있었다. 그는 할 말을 잊은 채 나를 바라보았다. 나 또한 말없이 그를 올려다보았다. 편집장이 무얼 그렇게 열심히 그리느냐고 내게 물어 왔다. 나는 아무런 할 말이 없었기에 책상 위에 어지럽게 놓인 종잇장을 내려다볼 수밖에 없었다. 그 가운데 한일전 축구 시합을 분석해놓은 종이 한 장이 눈에 띄었다. 나는 그것을 집어 편집장에게 내보였다. 여기 하얀 동그라미는 한국 선수. 까만 동그라미는 일본 선수. 내가 어물어물 대답하자 편집장이 어이없어하는 표정을 지었다. 축구 시합입니까? 그가 물었다. 여기 이건 골키퍼. 여기 이건 스트라이커……. 내가 종이 위의 몇몇 점을 가리키자 그가 그만하라는 듯 내 손을 움켜쥐었다.

왜 이러십니까? 편집장의 눈빛에는 나와 편집부의 앞날을 걱정하는 어두운 그늘이 드리워 있었다. 그는 편집부 미팅이 십 분 뒤에 잡혀 있는 걸 잊었느냐고 내게 물었다. 잊지 않았다. 그건 그다지 중요하지 않았을 뿐이다. 편집장은 내게 '업무계획서'라는 제목이 쓰인 문건을 건넸다. 이 계획서는 원래 내가 만들었어야 할 문건이지만, 수술 끝이라 아직 정신이 없는 것 같아 자신이 대신 작성했다고 했다. 그는 편집부 미팅이 매주 같은 시간에 열려왔다고 덧붙인 뒤, 잠시 말없이 내 손을 어루만지고선 자리로 되돌아갔다.

나는 몽롱한 눈빛으로 허공을 바라보았다. 내 사유를 방해한 편집장이나 이곳 직원들의 모습이 내 시야에서 작아지고 있었다. 애당초 내 머릿속엔 그들이 차지할 공간은 없었다. 그 비어 있는 자리에 전태일이며 스타하노프, 헤겔, 로크처럼 도표에 그려놓았던 인물들이 하나둘 살아나기 시작했다. 그들은 오랜 역사에서 노동하는 '우리'를 이러저런 방식으로 대변해왔던 이들이다. 그들은 마치 식당 텔레비전의 스트라이커나 미드필더처럼 날렵한 몸매와 매서운 눈빛을 갖춘 인물로 되살아나, 나의 시야에 득시글거리기 시작했다. 만약 제대로 된 시합이 펼쳐지려면 반대편 선수가 필요하다는, 본능보다 강렬한 직감이 내 의식을 사로잡았다.

편집부 직원들이 회의용 테이블에 모이기 시작했다. 그

들은 모두 '업무계획서'를 들고 있었는데, 그 내용을 유심히 살피는 직원도 있었고, 페이지를 펼쳐 그 위에 무언가를 기입하는 직원도 있었다. 나는 불현듯 책상 위의 전화기를 붙잡았다. 거의 무심결에 전화번호를 누르자 잠시 뒤 수화기의 저편에서 어느 여자가 사무적인 음성으로 경영자 총연합이라고 대답했다. 나는 내 이름을 밝히고 강찬호 원장과 통화하고 싶다고 했다. 편집실 사람들의 시선이 일제히 나에게 집중되었다. 잠시 뒤 강찬호가 전화를 받았다. 나는 시간이 있느냐고 물었다. 당장에라도 찾아가서 만나고 싶다고 했다. 그는 적지 않게 놀라는 눈치였지만, 자신과 대척점에 선 내 제안이 그리 싫지만은 않은 것 같았다. 전화를 끊고 나자 편집부 직원들의 얼굴이 시야에 들어왔다. 하나같이 얼빠진 듯 멍한 표정이었다.

테이블 위의 종이를 주섬주섬 모은 뒤 옷걸이의 외투를 걸쳤을 때 편집장이 창백해진 얼굴로 내게 다가왔다. 그는 곧 미팅이 열린다는 것을 잊었느냐며, 지금 어디를 가려는 거냐고 따졌다. 나는 그의 가시 돋친 눈초리와 직원들의 어이없어하는 시선을 뒤로 하고 편집실을 빠져나왔다.

*

    사무실을 나서자 거리에는 화사한 햇볕이 쏟아지고 있었다. 맨 처음 마주친 것은 인근 유치원 정원에서 나오는 스무 명도 더 되는 아이들이었다. 노란 유니폼을 입은 아이들은, 마치 대학 초년생처럼 해맑은 표정을 한 여교사의 인솔 아래 재잘거리며 걸어가고 있었다.

    그 아이들은 가족이라는 테두리의 시야에서 세상을 바라볼 것 같았다. 동시에 샛별유치원이라는 또 다른 테두리의 의식을 간직할 터였다. 국제적인 축구 시합에서야 두말할 나위 없이 대-한-민-국을 외칠 게 틀림없었다. 아이들을 인솔하는 여교사는 유치원 여교사 조합에 가입해 있을 것 같았다. 다른 한편에선 젊은 여자, 혹은 아름다운 여자라는 자의식을 간직할 듯했다. ……정말이지 한 인간의 몸 안에 그토록 다양한 집단의식이 자리 잡고 있다는 사실이 얼마나 놀라운가. 그 같은 자의식이야말로 그 사람의 애착이자 귀소본능이요, 세계를 바라보는 시야가 아닐까? 마르크스는 모든 인간은 집단의 관점을 빌어 세상을 바라본다고 주장했다. 알튀세는 인간의 정체성이야말로 다양한 집단의식의 종합이라고 여겼다. 뇌 수술 이후 나는 내 자신의 정체성이 바뀌었다고 믿었다. 그것은 부분적으로는 사실이었지만 전적으로 옳은 것은 아니었다. 그 어떤 인간 집단에도 친밀감이나 소속감을 느끼지 못한다는 사실은, 그 어떤 집단의 시야에서도 세상을 바라볼 수 없는 '관점 상실'을 의미한다. 나는 하나의 정체성에서 다른 정체성으로 옮겨간 것이 아니라, 정체성 자체를 잃어버린 것이다. 이와 함께 나의 자아 또한 사라졌다. 그것은 내 자신의 그림자를 잃거나 얼굴을 잃는 것과 비슷한 정황이다. 그렇다. 세상에서 나 홀로 얼굴 없는 자이다.

회색 유니폼을 입고 머리에 안전모를 쓴 인부 세 사람이 도관에 매설된 전선의 보수 작업을 벌이고 있었다. '하이바이크클럽'이라는 문구가 새겨진 웃옷을 입은 동호회 회원 네 사람이 자전거를 탄 채 나를 지나쳐 가고 있었다. 네거리에는 교통경찰 두 사람이 서서 교통신호기를 조작하며 농담을 주고받고 있었다. 나는 행인들을 지나쳐 가며, 나처럼 정체성을 잃어버린 사람이 또 있을까 상상해보았다. 오래전 그리스에서 일평생 통 속에 틀어박혀 살았다던 디오게네스나, 세상에 대한 비관 가운데 스스로를 거세해버린 오리게네스가 나하고 비슷할지 몰랐다. 적어도 완벽한 외톨박이였다는 점에서 그 어떤 유사성을 지닐 것 같았다. 그러나 다시 생각해보면 그들은 '반사회성'이라는 독특한 집단성을 간직했다. 반사회성이란 대다수 인간의 '사회성'에 대적할 드센 자기주장으로, 어찌 보면 가장 강력한 개성의 일종일 것이다. 내가 그들처럼 자기주장을 펼치거나 강한 자아를 간직할 수 있으리라고는 상상조차 할 수 없었다.

그런 의미에서 나는 사르트르나 까뮈가 고안해낸 실존적 인물을 닮았을지 모른다. 소설 속의 뫼르소는 사형장에 끌려가며 그 어떤 반항도 자기주장도 펼치지 않는다. 그럼에도 그는 함께 해수욕을 즐기고, 침대에서 희롱하며 섹스를 할 연인이 있지 않았던가. 내 경우는 아내와 함께했던 기억 속의 섹스 행위나, 컴퓨터에서 불쑥 튀어나온 낯선 여자의 알몸 사진만으로 화들짝 놀라고 만다. 그것은 예전의 내가 은밀하게 다운 받아놓은 사진일 것이다. 당시의 나는 여성의 알몸 사진에 몸 닳아했던 거친 욕망의 남성 집단에 속했던 것이다. ……그 같은 집단 감각은 요즘의 나를 새삼 놀라게 할 따름이다. 분신자살한 전태일에게나, 죽어버린 이호에게, 아니 살아 있는 아내에게까지 그 어떤 감정의 찌꺼기도 남아 있지 않는 나는, 남자로도 여자로도 규정할 길 없는 무규정적 존재일 것이다. 알몸인 채 대지 위에 던

져진 아담처럼 홀로인 나를, 과연 '인간'이라는 추상개념
으로라도 규정할 수 있을까……, 하는 의문이 드리운 순간
나는 경영자 총연합 건물 앞에 서 있었다.

그 건물을 드나드는 이는 손에 기름밥이라곤 묻혀본 적
없는 빛깔 고운 신사들이었다. 훤칠한 키에 하얀 얼굴이
그들의 특징이었는데, 그들은 예절 바른 미소를 지으며 나
를 지나쳐갔다. 내가 편집부의 그 누구에게도 친밀감을 느
끼지 못하듯, 그 건물을 드나드는 그 어떤 이에게도 적의
를 품지 않았다. 로비의 한가운데 서 있는 나에게 강찬호
가 다가왔다. 그는 친절한 미소를 띤 채 내 손을 잡았다. 그
는 나를 건물 안으로 이끌며, 어떤 연유에서 하늘의 천사
장이 악의 소굴로 왕림하셨냐고 물었다. 그런 그의 인사말
에는 뼈가 담겼지만 애당초의 거리감이 무한했기에, 그 거
리감을 좁히지도 넓히지도 않았다.

회의실의 테이블에 앉았을 때 내가 그린 스무 장의 그림
을 꺼내보였다. 전태일과 로크, 헤겔과 스타하노프의 이름
을 언급하며, 내가 파악한 노동자주의의 계보를 말해주었
다. 내게는 경영자 총연합과 노동자 연합의 대립이 한국과
일본 사이의 축구 시합처럼 느껴진다고 했다. 그러자 그가

노동자 연합이 한국이란 말인가? 경영자 총연합이 일본이고? 하며 소리 내어 웃었다. 강찬호는 내게 무슨 숨겨진 저의가 있지 않나 의심하는 눈치였지만, 내가 머리칼을 쓸어 최근에 받은 뇌 수술의 흔적을 보여주자 금방 걱정하는 표정으로 바뀌었다. 내가 경영자 총연합의 사상적 계보를 이해하기 위해 이곳에 왔다고 하자, 그는 애초에 품었던 경박한 적의를 가라앉히며, 한편에서는 친절하게 대해주고픈 상류층 특유의 다정함과, 고급 교육을 받은 엘리트의 진중한 태도로 나를 대했다.

그의 설명은 제법 상세했으며 깊이를 간직하고 있었다(게다가 축구 시합의 분위기를 가미하는 것도 잊지 않았다). 그는 스타하노프의 곡괭이질이 결코 생산성 증대의 원천이 될 수 없다고 했다. 그것은 노동자들이 스스로를 경제성장의 주역으로 내세우려 꾸며낸 허구라는 것이다. 소련에서 스타하노프 운동이 한창일 무렵, 미국에서는 '노동'이 아닌 '지식'이 생산성 증대의 원천임을 깨닫기 시작했다고 한다. 그는 최근 노벨경제학상을 수상한 지식경제학자 몇몇의 이름을 열거하며(자기 팀의 핵심 미드필더인 이들에 비하면), 존 로크의 노동가치론은 너무 예스러워 학계에서 퇴출된 지 오래라고 했다. 한번 생각해보라. 인간을 '노동하는 자'

와 '노동하지 않는 자'로 분류하는 것이 맞는지를. 차라리 새로운 지식을 고안해 신기술을 '설계하는' 자와, 설계자의 기획에 따라 '노동에 종사하는' 자로 구분하는 것이 타당하지 않겠는가. 생산성의 증대 또한 새로운 지식에서 나오는 것이기에, 신기술을 적용하여 노동의 질을 높이는 것이야말로 경제성장의 지름길이 아니겠냐며, 강찬호는 마치 어린아이를 대하듯 부드러운 미소를 띤 채 나를 바라보았다.

그렇다고 자신이 노동을 낮추려는 것은 아니라고 변명했다. 지식과 육체의 상관관계란 바로 두뇌와 손발의 관계와 비슷해서, 서로 조화하고 협력할 때 최상의 결과를 내는 법이라고 했다. 한국은 유독 노동과 자본의 대립이 극심하지만, 결국 세계적인 추세에 따라 양자가 서로 조화하고 협력하는 방향으로 나아갈 거라고 했다. 강찬호의 설명은 그의 부드러운 어조만큼이나 친절하고 예의 발랐다. 그럼에도 내 두뇌가 빨려들 듯 주목한 부분은 그가 그 어떤 '선입견'에도 사로잡히지 않았음을 반복해서 강조했다는 사실이다. 대학 시절에 경제학을 공부할 때부터 자신은 그 어떤 이해관계도 갖지 않는 중립적인 입장에 설 것을 훈련받았다고 했다. 그런 중립성과 객관성에의 의무는 경영자 총연합의 연구소장을 맡은 오늘날까지도 지속되고 있다고 했는데, 그가 그토록 애써서 표방한 무균질 방호복 속의 자아야말로 내게는 그 어느 것보다 친숙한, 그 누구와의 연결성도 없으며, 그 누구에게도 속하지 않은, '집단의식 없는' 나였다.

사실 강찬호는 기업가인 아버지 밑에서 자라난 상류층 가문의 자제였다. 어린 시절부터 상류 문화에 친숙했으며, 대학생 때도 스스로가 엘리트라는 자의식을 잊어본 적이 없었다. 그랬던 그가 미국 유학 중에 지식경제학을 접했을 때, 유레카! 하고 외칠 수밖에 없었으리라. 그 이유야 강찬호 본인이 객관적이고 중립적인 관찰자여서라기보다는, 지식경제학이 자신의 엘리트주의를 정당화해주고, 뼛속 깊이 배인 지배 욕망을 분출시킬 최상의 통로였기 때문이다.

그의 이야기가 클라이맥스로 치닫던 어느 순간이었다. 강찬호는 자신의 엘리트주의를 억누를 수 없는 듯했다. 자기 팀에 헤겔의 주인-노예 이론을 뒤집을 스트라이커가 있다고 자랑했다. 그들 인적 자본 논자들의 주장에 따르면 일 퍼센트 천재(주인)가 구십구 퍼센트 보통 사람(노예)을 먹여 살리는 사회가 진행되고 있다는 것이었다. 강찬호의 억양은 고조되었으며 그의 표정은 상기되었다. 문명의 발전 또한 그들 일 퍼센트의 창조력 때문이 아니겠냐고 했다. 그들 일 퍼센트의 노력으로 문명의 수레바퀴가 앞으로 나아가면, 나머지 구십구 퍼센트는 단지 이를 향유할 뿐이라는 것이었다. ……대화의 어느 순간부터인가 내 시야는 양대 진영의 전투를 조망하는 먼 지점에 옮겨 가 있었다. 그것은 텔레비전에서 보았던 한일전 축구 시합하고는 비교조차 할 수 없는 처절한 전투였다. 타고난 혈통 차이 때문이건, 교육 차이 때문이건, 전태일의 삶에 일체감을 느껴서건, 지식경제학에 유레카를 외쳐서건, 무수한 사람들이 피범벅이 되어 쫓고 쫓기며, 목이 날아가고, 죽고 죽이는 혈투를 벌이고 있었다. 하나의 '우리'는 객관성을 가장하고 있었다. 그들은 미적분이나 기하학 같은 까다로운 수식을 동원하여 과학성, 불편 부당성을 강조하고 있었다. 또 다른 '우리'는 객관성이나 중립성이란 애당초 불가능한 것이라 여겼다. 그들은 분신자살한 동료나, 실직한 동료에 스스로를 일체화시켜, 사회적 약자 편에 설 때에야 진실을 볼 수 있다고 주장했다. 첫 번째 '우리'는 인간 사이에 존재하는 격차를 키우고, 지배를 합리화하려는 욕구로 가득 차 있었으며, 반대편의 '우리'는 인간 사이의 지배-피지배 관계를 무화하고 허물어뜨리려 애쓰고 있었다. 나는 이 대립이 인류 역사의 시작점부터 지속되어왔다는 것과, 인류가 끝나는 순간까지 지속될 것 같다는 느낌에 사로잡혔다. 이런 대립은 겉으로야 합리성의 외피를 두르고 있는 듯하지만, 본바탕에 있어서는 애착과 증오라는 집단 감정에 뿌리를 내리고 있었다. 따라서 이 싸움은 싸움에 휘말린 모든 이에게는 혈관에 흐르는 피이자, 거친 숨결과 뜨거운 격정의 원천이었으며, 스스로가 옳으리라는 생각이 용솟음의 파고를 타고 있었다. 오직 나 홀로 그 어떤 열정 없이 담담한 마음으로 전장을 바라볼 뿐이었다.

*

강찬호와 헤어진 뒤 경영자 총연합 건물을 나왔을 때는 초저녁이었다. 머리에 모였던 피가 일시에 빠져나간 듯 현기증이 일었다. 이와 함께 비어버린 곳은 나의 위인 듯했다. 머리가 어지러울 정도로 허기를 느껴 설렁탕집에 들어갔다. 잠시 뒤 김이 모락모락 피어오르는 뚝배기가 나왔다. 나는 공깃밥을 설렁탕에 말아 허겁지겁 들이켰다. 뚝배기의 내용물을 싹 비우자 몸이 노곤해지더니 피로가 몰려들었다.

졸음으로 눈꺼풀이 무거워지려는 순간 비상한 기운이 나를 감싸는 듯했다. 눈을 부릅떠서 유리창 건너편을 바라보았다. 거리에는 퇴근 시간을 맞아 건물로부터 쏟아져 나온 행인들로 붐비고 있었다. 그들 대부분은 무리를 지어 버스정류장으로 향하거나 길가 식당에 들어가고 있었다. 인파 틈새에 허름한 옷차림을 한 노인이 서 있었다. 아무도 그 노인을 주목하지 않았지만, 저물어가는 태양을 배경으로 선 그 노인의 자세에는 무언가 독특한 분위기가 어려 있었다. 나는 식당 문을 열고 바깥으로 나갔다.

하늘의 태양은 주홍빛에서 해 질 녘의 불그스레한 빛으로 으깨지고 있었다. 바람이 불어와 노인의 백발과 수염을 흐트러뜨렸지만 노인은 꼿꼿이 선 채 허공의 먼 지점을 응시하고 있었다. 가까이 다가가서 보니 노인은 여기저기 구멍이 뚫린 낡은 외투를 걸쳤고, 신발은 너덜너덜해서 딱 거지의 행색이었다. 얼마나 긴 시간이 흘렀을까? 노인은 내가 옆에 서서 자신을 바라보는 것을 느끼지 못하거나, 거의 개의치 않는 것 같았다. 하늘의 검붉은 기운이 점점 어두컴컴해져서 노인의 모습이 거무스레한 청동상처럼 변색되어 갈 무렵이었다. 노인이 문득 나를 바라보았다. 나는 그 순간을 기다렸다는 듯 노인에게 무얼 하시느냐고 물었다. 노인은 빙그레 웃더니 뜻밖에도, 스스로를 비우는 중이라고 대답했다. 내게는 새로움이 익숙함보다 더 커다란 자극이었다. 노인의 대답은 한편으로는 의아했고 다른 한편에서는 경이로웠기에, 노인이 나더러 새로운 세계를 보고 싶지 않느냐고 물어 왔을 때, 나는 그 제안을 거부할 길이 없었다.

노인은 인파를 헤쳐 지하철 출입구로 내려갔다. 지하도의 통로에는 퇴근길에 몰려든 온갖 행인이 오가고 있었다. 그들 가운데에는 무심결에 우리 앞으로 다가오는 이도 있었지만, 노인의 행색이 너무 초라한 것을 깨닫고 멀리 피해 가는 이도 있었다. 노인이 나를 인도한 곳은 많은 사람이 오가는 지하철 판매점 가운데 한곳이었다. 그 오른편 부스에는 어묵이나 떡볶이 같은 먹을거리를 팔고 있었고, 그 반대편 부스에는 머리핀이나 브로치 같은 액세서리를 팔고 있었다. 그 가운데 폐점한 듯 불이 꺼진 썰렁한 부스가 자리를 잡고 있었다.

어둠침침한 부스 안에 모여 앉은 사람이 보였다. 여자 셋과 남자 하나였다. 노인이 그곳으로 다가가자 부스 안의 사람들이 바닥에서 일어나더니 유리문을 열어주었다. 스승님 오셨습니까? 맨 앞의 사내가 허리를 굽혀 노인을 맞았다. 그 뒤의 여성들도 어서 오세요, 스승님, 하며 공손하게 절을 올렸다. 이곳으로 오시지요, 하며 노인을 부스 안으로 인도하는 사람들의 눈빛이나 몸짓은 예사롭지 않은 존경심이 배어 있었다. 여자 한 사람이 생수병을 열어 잔에 물을 따르더니 양손으로 노인에게 바쳤다.

　노인은 새로운 세상을 보고 싶어 하는 분이라고 나를 소개했다. 잘되었네요, 여자가 반색하며 말했다. 꼭 보시게 될 겁니다, 남자도 공손하게 고개를 숙이며 확신시켰다. 세상의 모든 모임은 나름의 절차와 의식을 갖춘 법이다. 그 많은 행인이 오가고 있고, 옆의 부스로부터는 꼬치와 어묵 끓이는 냄새가 풍겨 오는 와중에, 걸인과 그를 따르는 무리가 양 팔을 무릎께로 늘어뜨리고 명상에 잠겨들었다. 그것은 정말이지 진기한 풍경이었다. 나는 고즈넉한 절에서 스님들이 명상 수련을 한다는 이야기를 들어본 적 있다. 조용한 바닷가나 아름다운 초원에서 합장을 하고 눈을 감은 이들을 사진으로 본 기억도 있다. 그러나 이토록 비좁고 시끄러운 지하철 역사에서 명상에 침잠한다는 것은 뜻밖이었다.

　부스의 콘크리트 바닥에는 깔개가 깔려 있었지만 밑으로부터 올라오는 한기를 막기에는 역부족이었다. 동시에 바깥의 인파가 내는 발걸음 소리며 시끄러운 소음, 그리고 옆 부스로부터 넘어오는 진한 음식 냄새는 정신을 산란하게 하여, 도무지 그 어떤 집중조차 불가능할 것 같았다. 그럼에도 수련자들과 노인은 주변 상황에 초탈한 듯 눈을 감고 깊은 사유에 빠져 있었다. 유리문 바깥에는 수많은 행인이 지나치고 있었고, 그들 대부분은 불 꺼진 부스 안에 아무런 관심도 기울이지 않았지만, 간혹 호기심 섞인 눈빛으로 유리부스 안을 들여다보는 이도 있었다.

그 어느 순간엔가 이들 수련자가 전복시키려는 것이 바로 바깥세상 아닐까, 하는 생각에 사로잡히지 않을 수 없었다. 이들이 자리를 잡은 곳은 경영자 총연합의 건물 아래 지하였다. 일 분 일 초라도 아끼려 분주한 걸음을 옮기는 인파의 틈바구니에 앉아, 자신들의 정신 집중만으로 세상의 수레바퀴를 돌리는 힘 자체를 무화하겠다는 의도가 어렴풋이 느껴졌다. 경영자 총연합은 그 수레바퀴를 돌리는 힘이 자신의 지식으로부터 나온다고 믿었다. 노동자 연합은 그 수레가 노동자의 손아귀에 쥐어져 있다고 여겼다. 양측은 단지 누가 주도하느냐에 있어서 차이를 지닐 뿐, 세상의 수레를 앞으로 돌리려 애쓴다는 점에서는 엇비슷했다. 지금 내 눈앞의 다섯 사람은 수레바퀴를 돌리려는 인간의 노력 자체를 허망한 것으로 만들고 있었다. 이들 수도자에게는 재규어 승용차나 스마트 기기, 타워팰리스 따위는 아무런 의미도 없을 듯했다. 이들에게 소중한 것은 오직 자아였으며, 눈에 보이지 않는 세계에서의 그 어떤 무형적인 완성이었다.

그날 저녁이었다. 노인이 잠시 자리를 비웠을 때, 나는 남자 수련자와의 대화를 통해, 그가 걸인 노인을 자신의 메시아로 떠받드는 것을 깨달았다. 그런 놀라운 정황은 다른 수련자들도 마찬가지였다. 그 남자는 스승님이 강림하셨을 때 자신에게 구원의 빛이 드리웠다고 말해주었다. 그 옆의 여자도 자신이 깨어 있는 매 순간 스승님 생각뿐이며, 그분이야말로 기쁨의 원천이자 삶의 희망이라고 예찬했다. 노인에 대한 이야기를 할 때면 수련자의 눈동자는 희열에 차 있었으며 무한한 애정이 어렸다. 내게는 그들의 그 같은 정신적 정황이 뜻밖이었지만, 그것이 황당무계한 종교적 엑스터시에 불과한 것인지, 아니면 놀라운 진실인지 알아내고 싶었다.

그럼 저 분이 유일무이한 세상의 구원자란 말입니까? 내가 의심하는 표정으로 물었다. 이천 년 전에도 그러지 않았습니까. 메시아는 결코 화려한 복장으로 오시는 법이 없지요, 사내가 대답했다. 그의 이야기는 제법 설득력이 있었다. 그 노인이 진짜 메시아라면 그 어떤 고독도 능가하는 시련에 단련되었을 것이며, 세인에 대한 통찰도 무한한 거리감의 산물일 거라는 생각이 스쳤다. 아무리 그래도, 여러분은 네 사람뿐이지 않습니까? 저기, 저 사람들이 과연 뭐라고 하겠어요? 나는 부스 바깥을 가리키며 물었다. 그러자 사내는 조금의 망설임도 없이, 예수가 거느린 제자도 고작 열둘 아니었습니까. 우리야 불과 네 사람에 불과하지요. 하나 두고 보아야 할 걸요……, 라며 내게 반박했다. 여자들 또한 정말 그렇다는 듯 고개를 끄덕여 남자에게 동조했다.

밤늦은 시각에 명상이 끝났다. 네 수련자는 부스의 구석에 모이더니 지폐 두어 장씩을 걷었다. 노인이 그들에게 다가가자 남자가 걷은 돈을 내밀었다. 노인은 지폐를 세어 금액을 확인하고서는 자신의 호주머니에 넣었다. 그들은 합장한 채 고개를 숙여 작별을 고했다. 그날 밤 나는 노인과 동행하여 그가 이끄는 도시 외곽으로 향했다. 그 지역은 개발이 진행되다 중간에 멈춰버린 어느 허름한 달동네였다. 노인은 개가 짖어대는 집들을 그대로 지나치더니 마을 뒤편에 위치한 산비탈로 접어들었다. 산등성이를 오르자 산 아래로 불빛이 반짝이는 서울의 거리가 내려다보였다. 산중턱에 허름한 움막 한 채가 외따로 있었다. 노인이 거적을 걷자 바람을 막아주는 벽과 하늘을 가릴 처마가 드리운 자그마한 공간이 나타났다. 나는 화장실이 어디냐고 물었다. 노인은 손을 치켜들어 허공에 휘둘렀다.

볼일을 보고 돌아와 노인 옆에 드러눕자, 노인은 낡은 이불을 꺼내 내 몸을 덮어주었다. 나와 노인은 잠시 아무런 말도 하지 않았다. 바람이 윙윙거리는 소리만 요란할 뿐 풀벌레 소리나 개 짖는 소리도 들리지 않았다. 나는 수련자가 당신을 메시아로 여기는 것을 아느냐고 물어보았다. 처마에 걸린 알전구 아래에서 노인이 짓는 희미한 미소가 보였다. 자신은 명상으로 먹고사는 늙은이일 뿐이라고 대답했다. 노인은 아까 회비 이만 원을 걷던 모습을 못 보았냐고 덧붙였다. 그 순간 칼바람이 몰아쳐서 둘 다 입을 다물고 말았다. 점점 더 거세어지는 바람이 살을 에듯 매서워 노인이 이불을 다잡아 내 몸을 덮어주어야 했다. 우리는 마치 등껍질 속으로 숨어버린 거북이처럼 이불을 감싼 채 웅크리고 있었다.

잠시 뒤 바람이 잦아졌다. 몸을 감싼 이불 틈으로 고개를 내밀자, 노인은 나를 처음 보았던 순간 묘한 기운을 느꼈다고 했다. 세상의 복잡한 인연을 초월하여 살아가는 분

같다는 것이었다. 그 이야기에 내가 웃을 수밖에 없었다. 나는 머리카락을 헤집어 두개골이 꺼진 부분을 보여주었다. 그것은 뇌수술의 후과라고 설명했다. 그러자 노인이 믿어지지 않는다는 표정을 지었다. 아무리 그렇다지만, 바로 그런 정황이야말로 험난한 수련 끝에나 도달할 경지 같은데……, 라며 더 이상 말을 잇지 못했다.

나는 침묵 속으로 잠겨들었다. 잠시 생각해보았으나 상대가 어떤 생각을 하건 그것은 그 사람의 몫이었다. 내가 관여할 일은 아니라는 생각이 스쳤다. 나는 그보다는 아까 나누었던 화제로 돌아가고 싶었다. 잠시의 침묵 끝에, 아까 수련자들이 메시아라고 부르던 것은 일종의 과장이었냐고 물었다. 노인은 잠시 입을 다문 채 말이 없었다. 그는 입 주변의 덥수룩한 수염을 두어 번 쓰다듬더니, 메시아란 단지 기독교의 용어 아니냐고 했다. 자신의 동료들은 기독교적 관점에서 세상을 바라보는 것 같다고 했다.

노인은 다시 입을 다물고서는 말을 아끼더니, 자신은 '구원자'라든지 '메시아'와는 다른 의미에서 살아가는 것 같다고 했다. 차라리 '부처'라고 불리는 게 맞으리라는 것이었다. 저렇게 스스로를 높일 수 있나, 하는 생각에 나는 잠시 떨떠름한 기분이었다. 그러나 그런 생각이 일종의 선입견에 불과하다는 것을 곧 깨달았다. 거리에서 미소를 짓는 어린아이가 부처일 수 있다고 노인은 이야기했다. 수레를 끄는 소가 부처일 수도 있었다. 연못에 활짝 핀 연꽃이 부처일 수도 있었다. 이렇게 세상 만물은 서로가 서로에게 부처의 역할을 하며 상대를 비추는 것 아니겠냐고 했다.

그것은 내가 단 한 번도 생각해본 적 없던 세상이었다. 동시에 내 자신의 한계가 느껴졌다. 내 스스로는 세상의 모든 집단으로부터 멀어졌다고 믿었지만, 실상 특정 집단의 외피를 뒤집어쓴 것을 자각할 수 있었다. 생각해보면 그것은 어쩔 도리가 없었다. 타인과 언어로 소통하는 이상, 언어에 침윤된 종교적 관점이나 집단적 시야를 완전히 벗어던질 수가 없는 법이다. 내 자신만의 고유한 언어가 필요하지 않을까, 하는 의문이 스친 것도 바로 그 시점부터였다.

나는 만인이 부처라는 생각을 이해할 것 같다고 말했다. 그럼에도 아까 만났던 수련자들이 스스로를 부처로 여기기보다는, 자발적으로 복종하며, 그런 예속을 더 편안해하는 것 같다고 했다. 노인은 고개를 끄덕여 내게 동의했다. 그러면서 그들 하나하나가 쓰라린 과거를 안고 있다는 것이었다. 그 상처를 치유하는 과정에서 자신이 함께 했기에

(자신은 그런 생각을 했던 적이 없었음에도), 그들은 자신을 섬기려든다고 했다. 그제야 노인과 그를 따르는 무리 내부의 관계를 알 것 같았다. 한편에서는 노인의 온화한 정신이 신도를 감싸고 있었다. 그것은 위아래가 없는 평등주의의 정신이었다. 그럼에도 신도들은 그에 반대되게도 예속을 편안하게 여길 뿐 아니라, 영원히 그 상태가 지속되기를 바라고 있었다.

*

노인과 헤어진 뒤 남한강 인근의 산자락에서 어느 비밀스런 모임을 만났다. 그들은 자살을 준비하는 세 젊은이였다. 그들은 처음에는 나를 염탐꾼 아니면 훼방꾼으로 여겼기에, 신경질적으로 밀쳐내며 나를 외면하려 들었다. 그럼에도 나중에는 삶과 죽음에 대한 나의 거리감이 무한하다는 사실을 깨닫고서 나를 선선히 받아들였다.

그들은 순간적인 취기나 환각 가운데 죽음을 맞으려는 것은 아니었다. 비록 그들은 '삶에의 의지'라고 부르기도 하고 '생명력'이라 부르기도 하는, 대다수 인간이 지닌 무의식적인 힘을 결여하고 있었음에도, 결단코 불안에 떠는 영혼은 아니었다. 거꾸로 매 순간 그들은 투명하게 깨어 있었으며, 죽음을 받아들일 때 인생이 완성된다고 믿는, 진정한 죽음 예찬자였다.

그들이 품은 삶과 죽음에 대한 견해와 비교할 때, 경영자 총연합이나 노동자 연합이 과시하는 진보에의 힘이나, 노인과 네 수련자가 보여주었던 정신적 완성이란, 죄다 부질없는 생명 예찬에 불과했다. 그들은 자살이야말로 삶을 완성하는 최고의 도약이라고 여겨, 서로에 대한 상찬 가운데 집단 자살을 기도했다. 두 남자는 그 자리에서 즉사했다. 그들보다 조금 나이가 많은 여자는 내 도움을 받아 죽어갔다.

그들이 죽어간 남한강변의 모텔에서 나와서 어두운 밤길을 걷던 순간이었다. 세 자살자가 주고받던 죽음 직전의 이야기가 뇌리에 맴돌았다. 놀랍네요. 삶도 죽음도 똑같다니, 수면제에 취해 방바닥에 누워 있던 여자가 나를 향해 졸음에 겨운 목소리로 내뱉었다. 그러자 다른 남자가 거의 들릴락 말락 한 소리로, 이 사람이 진짜 신이죠……. 성경에 나온 가짜 신 말고……, 라고 중얼거렸다. 그것이 그들이 내뱉은 마지막 유언이었다. 나는 무덤덤한 얼굴로 그들이 잠에 빠져드는 모습을 지켜보았다.

그들 모두가 잠잠해졌을 무렵 여인의 부탁대로 등산용 밧줄을 그녀의 목에 감았다. 밧줄에 감긴 여인의 몸이 축 늘어졌던 순간이었다. 나야말로 진짜 신이라던 남자의 이야기가 옆구리를 찌르는 느낌이었다. 모텔 방을 빠져나와 눈발이 날리기 시작한 외줄기 길을 걸어갈 때에도 계속 폐부가 쓰라렸다. 누군가의 이야기에 의해 그런 격렬한 자극을 받은 사실이 놀라웠고, 다른 한편에서는 내 자신이 기이하게 느껴졌다.

가로등이 사라진 길은 한층 어두워졌다. 하늘의 눈발은 점차 거세어지고 있었다. 내가 밟는 눈이 얼어붙어 뽀드득 소리가 울렸다. 산 한가운데 검은 도랑처럼 보이는 외길로 접어들며, 수면제를 먹기 전 그들과 나누었던 대화를 돌이켜보았다. 남자의 논리는 간단명료했다. 성경에 등장하는 신은 생명의지를 고양시키는 휴머니즘의 정체성을 띠었다는 것이다. 그런 신의 모습은 어쩌면 대다수 인간의 오랜 바람이 투영되어 만들어진 것 같다고 했다. 그런 신이라면 자신 같은 자살자를 설득하려들 것이며, 삶의 의지를 고양시켜 생명의 영토로 이끌려 애쓰지 않을까, 그럼에도 그 신은 휴머니즘적 정체성 이외의 다른 속성을 부인하고 있기에, 신의 완전성과는 거리가 멀며, 차라리 삶과 죽음에 똑

같은 거리를 느끼는 승우 씨야말로 온전한 신의 모습 같다고 했다.

그의 주장은 빈틈이 없었지만 다른 한편에서는 기이하고도 우스웠다. 세상만사에 초연해 보인다며 내 감정상실을 선망하던 노인과 비슷하게도, 그 남자 또한 내 거리감을 삶과 죽음을 초극한 모습으로 격상시켰던 것이다. 생각해보면 노인이나 그 남자가 나를 통해 자신들이 추구하는 열반이나 죽음의 초극을 발견하며, 그 어떤 최고선을 느꼈던 것일지 모른다. 그럼에도 아무런 정체성도 갖지 못한 자의 시야에서, 그토록 격상된 존재란 정반대의 격하된 존재와의 사이에 아무런 차이도 없다. 자아가 사라진 존재는 그 누구에게도 사랑을 요구할 수 없으며, 그 누구에게도 인간애를 당부할 수 없다. 그 누구에게도 살아남을 것을 애걸복걸하지 못한다. 그런 존재란 바로 고타마 붓다이자, 메시아이자, 한 여자의 목숨을 앗아 간 마귀이자, 호수의 연꽃이자, 썩은 음식이자, 길바닥에 죽어 자빠진 쥐이자, 한밤에 쌓였다가 녹아버릴 허무에 가까운 눈발이다.

죽음을 앞둔 모텔 실내에서 모두가 말이 없던 와중이었다. 남자는 나더러 바이블에 대적할 진짜 바이블을 써볼 생각이 없느냐고 물었다. 나는 담담한 표정을 짓고 있었으나 그 일이 불가능함을 안다. 나는 무수한 세계관을 접했다. 각각의 진위를 선명하게 파악하고 있기도 하다. 그럼에도 그것들을 묘사할 의지를 갖지 못했다. 다시 말하지만 자아가 없다는 것은, 대립하는 세계관 사이에서 그 어떤 증오심이나 그 어떤 애정도 없음을 의미한다. 증오심이나 애정 없이 어떻게 바이블 같은 강력한 의지의 글을 써낸단 말인가. 그런 의미에서 바이블이야말로 진정한 사랑의 글이며, 진정한 증오의 글이기도 하다. 눈발을 헤치는 지금 이 순간에도 내가 마주쳤던 무수한 세계관이 나를 압도해 온다. 쏟아지는 눈발의 수만큼이나 많은 삶의 논리와 그에 스민 다종다양한 집단 감정이 나를 짓누르고 있다. 대기는 차가워져서 코끝의 숨결을 작은 고드름으로 얼어붙게 하고 있다. 온갖 세계관의 짓누름에 시달리며 한밤중의 산길을 달려가는 이 모습이야말로 내가 간직한 유일한 정체성이 아닐까? 어쩌면 이 무거운 짓누름 가운데 숨이 끊어질 것 같다.

기억의 도서관

먼 우주에서 신호음이 포착되었다. 신호가 발신된 지점은 안타레스 성좌의 초록별로부터 약 600광년 떨어진 은하계의 어느 작은 혹성이있었다. 신호음은 정확하게 사천이백 개의 짧고 긴 신호와 강하고 약한 신호로 이루어져 있었다. 신호 하나하나는 초록별의 문자체계와 그다지 다르지 않은 성음문자였기에, 그 별의 암호 전문가 몇몇이 손쉽게 풀어낼 수 있었다. 신호의 내용은 이러했다.

……이제 우리의 파란별에서 벌어진 어느 사건을 이야기하려 합니다. 그 사건은 기억에 관한 우리 역사의 한 단면을 보여주고 있지요. 생각해보면 인간은 기억하기를 즐겼던 것 같습니다. 문자가 없던 시절 구전으로 전해 내려

온 신화나 전설을 생각해보세요. 인간이 기억하기를 즐기지 않았더라면 어떻게 그런 전승이 가능했겠습니까? 그럼에도 인간은 기억하기보다는 기억되기를 더 좋아했던 것 같습니다. 그 어떤 위세 등등한 권력자라도 자신의 초상화나 부조를 만들어 대대손손 기려지도록 애썼으니까요. 화강암을 깎아 만든 람세스의 저 거대한 조각상을 보신 적이 있습니까? 소멸을 극복하여 태양처럼 기억되기를 바랐던 한 인간의 절실한 희망이 담겼지 않습니까?

그토록 기억되기를 바랐기에 등장한 것이 바로 사진기술이 아니었나 상상해봅니다. 사진이 없던 시절을 회상해보면, 얼마나 많은 이들이 자신의 모습을 남기지 못하고 스러져야 했던지요. 명문가를 이끈 가장이거나, 귀족의 혈통으로 태어나서 초상화라도 남기지 못한다면, 대개의 사람은 그 어떤 흔적조차 남기지 못하고 잊혔으니까요. 그러고 보면 촬영의 발명만큼이나 놀라운 전기를 이루었던 기술의 사례가 또 있을까 싶습니다. 족장의 터번을 두른 루돌프 발렌티노의 아름다운 얼굴이 뭇 여성의 뇌리에 새겨져서, 그들의 가슴을 들뜨게 했던 일화라든지, 손가락으로 브이를 그린 윈스턴 처칠의 자태가 대중의 환호를 부르는 승리의 상징으로 묘사되었던 일은 바로 영상시대의 도래를 알리는 신호였습니다. 시일이 흐르며 인간은 누구나 각자의 촬영기계를 보유하게 되었지요. 파란별의 어느 누구건 손바닥 크기의 자그마한 기계로 자신을 찍고서는 이를 보관하였습니다. 그런데 자신의 영상을 공들여 촬영하거나, 이를 보고 즐기는 일 이면에는, 먼 미래의 그 누군가가 그 영상을 통해 자신을 기억해주길 바라는 희망이 담겼다는 사실이 믿어지십니까?

이야기를 조금 장황하게 시작한 것 같습니다. 이제 설명하려는 것은 실로 뜻밖의 기술에 관한 이야기입니다. 눈으로 볼 수 없고, 점차 희미해져서 아예 사라지기도 하며, 인간의 마음에 오직 무정형으로 존재한다던, 기억을 바깥으로 불러낸 장치 말입니다. 우리는 그 기계를 '기억재생기'라고 불렀습니다. 그 기계는 인간의 머리에 회로를 연결하여, 두뇌에 저장되어 있다고 여긴 기억을 되살려냈습니다. 그 기억은 책의 형상으로 보관되었으며, 원하는 때면 언제든 모니터에 재생시켰으니, 그 기계야말로 기적에 가까운 발명이 아니었나 생각합니다.

그 기계가 모습을 드러낸 직후에 열렸던 시연회 장면을 이제는 모르는 사람이 없을 것입니다. 일곱 개의 단자를 자신의 머리에 붙인 채 교수가 등장했습니다. 그의 맞은편

회전의자에는 회사의 다섯 투자자가 앉았습니다. 채 교수가 기계를 켜자 그의 머리에 연결된 모니터의 화면이 밝아지며, 반바지를 걸친 채 교수의 자그마한 두 다리가 떴습니다. 잔디밭에 서 있는 발명가의 어린 시절 모습이었지요. 소년이 "테리!" 하고 외치자 잔디밭 저편으로부터 노란 스패니얼 한 마리가 혀를 빼물고 천진난만하게 뛰어왔습니다. 그 모습을 바라보는 다섯 투자자는 벌어진 입을 다물지 못했습니다. 소년이 공을 던지자 강아지가 뛰어가서 이를 물어 왔습니다.

이제 와서 돌이키자면 시중에 첫 선을 보인 기억재생기는 조금은 엉성한 모습이 아니었나 생각합니다. 그럼에도 인간의 두뇌에 감추어진 비밀스런 기억을 누구든 보고 느낄 수 있는 형상으로 끄집어냈으며, 완전히 내밀하여 어떤 상황에서도 혼자만의 것이라고 여겼던 정신의 일부를, 두뇌 바깥으로 추출하여 책처럼 보관하고, 영화처럼 상영할 그 무엇으로 변형시켰다는 사실만으로, 의식이 기억과 마주하는 경이 그 자체였습니다.

인류의 거의 모든 발명품이 걸어온 관례처럼 이 기술 또한 막대한 이윤을 노린 사업이었습니다. 세계적인 대부호나 성공한 정치지도자가 기계의 초기 고객이었던 것은 너무나 당연한 이치였지요. 그들은 기억재생기가 대필한 자서전보다 생동감 넘치고, 카메라로 촬영하는 인생 다큐멘터리보다 진실하다고 여겼습니다. 재산을 모으는 일에 여념이 없던 대부호가 인생 말년에 기억재생기와의 사랑에 빠진 셈입니다. 그들은 기계의 전원을 켠 채 자신의 어린 시절을 회상하며 달콤한 감상에 젖어들었습니다. 아련한 느낌으로만 남았던 기억의 부스러기가 영상으로 모여드는 순간, 아찔한 충격과 황홀한 경외감에 사로잡혀 화면에 빨려들지 않을 수 없었습니다. 때로는 자기 주변 사람의 기억을 통해 패기 넘쳤던 젊은 자신과 대면하기도 했고, 때로는 갑자기 샘솟는 옛 기억에 가슴 벅차하며 기억재생기로 허겁지겁 달려가 그 기계를 켜기도 했습니다. 이렇게 해서 되살려진 최상류층의 기억은 그들의 사후에 건립될 각자의 기념관에 전시된 채, 보통 사람의 찬사를 받는 탁월한 볼거리로 제공된 것입니다.

이런 영상이 알려지자 사람들은 기계에 대한 갈망으로 잠을 설쳤습니다. 꿈에서라도 그 기계를 얻게 되기를 간절히 바란 것입니다. 그들이 그토록 갈증을 느낀 이유야 분명합니다. 세상의 그 누가 자신이 주인공인 영화를 꿈꾸지 않을까요? 세상의 그 누가 오직 기억 자체로 이루어진 회고록을 만들고 싶지 않을까요? 그런 영상이야말로 세인의 관심을 얻는 수단이자, 자신의 존엄성을 드높이는 길 아닐까요? 그럼에도 보통 사람의 입장에서는 그 비싼 기계에 다가갈 방법이 없었습니다. 그러자 그들은 정치가를 부추기기 시작했습니다. 대개의 사람이 존엄하다고 여기지만 그 기계를 구입할 돈이 없거나, 그 기계가 발명되기 전에 사망하여 유품 이외에는 남길 것이 없는 위인의 기억을 되살리자는 여론이 들끓었습니다.

그들 가운데에는 아름다운 예술품을 남겼음에도 가난한 삶을 마쳐야 했던 예술가가 있었습니다. 그들의 삶이 너무나 숭고하기에 후세에 교훈이 된다고 여겨진 독립운동가나 사회활동가도 있었습니다. 화재 진압 가운데 타인의 목숨을 구하려다 사망한 소방관이 있었습니다. 물에 빠진 아이를 구하려다 사망한 의인도 그 기억이 보관되어야 한다고 믿어졌지요. 어느새 인류 공통의 욕망을 담은 정책이 입안되기 시작했습니다. 그것은 정말이지 꽤나 많은 비용이 들어가는 사업이었습니다. 그럼에도 자신의 기계가 선용되어야 한다고 믿었던 회사나, 그 작업에 적지 않은 공무원과 재정을 투입했던 정부가 앞장섰습니다. 그러나 이들 못지않게도, 위인의 살아생전에 그와의 추억을 공유한 기억이 있거나, 위인의 마지막 순간을 함께 나눈 기억이 있는, 수많은 보통 사람이 위인의 삶을 재구성하는 일에 자원했습니다. 이런 집단적인 노력을 거쳐 착수된 것이 바로 저 거대한 '기억의 도서관' 건립이었습니다!

도서관 2층의 B구역 네 번째 서가에 가보세요. 그곳에는 미도와 관련된 기억이 보관되어 있답니다. 미도는 전철 앞에 쓰러진 어느 소녀를 구하고 대신 숨진 젊은이였습니다. 그곳에 보관된 영상은 살아생전 그가 얼마나 의협심이 강한 청년이었는지 잘 말해줍니다. 전철이 들어오는 철로 위로 어린 소녀가 넘어지던 순간 엄습해 온 공포와 긴장이 얼마나 컸는지는, 그 주변에 모였던 사람들의 얼어붙은 표정과, 누군가 내지른 날카로운 비명만으로 생생하게 재현되어 있습니다. 소녀의 어머니가 입을 벌린 채 팔을 휘두르자 미도가 철로 위로 뛰어들었습니다. 그는 놀라운 민첩성으로 소녀를 들어서 철로 바깥으로 내던졌지만, 자신은 전철을 피할 길이 없었습니다.

어떻습니까? 정말이지 이토록 생생하게 영웅을 기리는 영상이 또 있을까요? 미도의 숭고했던 순간을 함께했던 승객과 역무원들은—비록 그들 자신만의 고유한 삶의 기록을 희구했을지 모르지만—미도를 기리는 일에 참여함으로

써, 기억의 도서관에 남겨지는 소원을 이룬 셈입니다. 그런 의미에서 도서관은 인간의 유한성을 극복하고자 하는 집단의지의 산물일지 모릅니다.

시일이 흐르며 기억의 도서관은 대다수 학생의 견학 장소로 격상되었습니다. 그곳에 다녀온 학생이라면 그 누구건 위인의 삶에 감화되었으며, 스스로가 숭고해지는 느낌이라고 말했습니다. 세상의 할아버지 할머니는 자신의 손자에게, "아이야, 너는 커서 기억의 도서관에 보관되어야 한다."라고 덕담을 건네기도 했습니다. 기억을 대하는 인류의 관점이 바뀐 것도 바로 이 무렵부터가 아닌가 생각합니다. 젊은 여성의 팔과 다리가 부끄러운 부분이기에, 남 앞에 절대 내놓아서는 안 된다고 여길 때가 있었습니다. 이제는 그런 생각이 낡은 것이라고 간주하고 있습니다만, 기억 또한 이와 비슷한 생각의 변천사를 거쳤습니다. 기억이 부끄럽거나 은밀한 것이기에 비밀스러울 수밖에 없다는 기존 관념은 희미해지고, 그것이 감동적으로 구성되었다면 당연히 내세워야 할 그 무엇이라고 바뀐 것입니다. 정말이지 그 누가 타인의 칭송 가운데 영원히 기려지기를 바라지 않을 수 있을까요? 그 같은 영생불멸이야말로 도서관의 설립 이유이자, 만인의 꿈이 집약된 성소聖所의 존재 근거가 아닐는지요?

물론 이견과 충돌이 없던 것은 아니었습니다. 자신의 아이가 음주운전자가 모는 자동차에 치어 사망한 부모가 있었습니다. 그 아이의 부모는 자신의 아이 이름이 새겨진 음주운전 처벌법이 제정되어, 아이가 영영 기려지기를 갈망했습니다. 그런데 그런 방식의 영원성보다는, 자신의 아이가 기억의 도서관에 보존된다면, 10년이 채 못 되었던 아이의 짧은 삶 전체가 생생한 기억으로 되살려질 것 같았습니다. 그래서 아이의 부모는 긴 청원서를 써서 의회에 제출하게 되었답니다.

그 청원서는 정말이지 길고 뜨거운 논쟁의 중심을 이루었습니다. 아이는 단지 희생자일 뿐이다, 아이의 삶에 무슨 숭고함이 내재되었단 말인가, 아니 개인 비극을 어디까지 보관해야 한단 말인가, 하는 반론이 쏟아졌습니다. 이와 다른 편에서는 아이는 음주 피해의 상징이며, 범법자 응징의 상징이기도 하다, 따라서 영구히 기억되어야 할 중요성을 간직하고 있다, 라는 만만치 않은 재반론이 펼쳐졌습니다. 그러면서 세상에 위대함과 위대함이 아닌 것을 가르는 기준이 어떤 것인가, 라는 질문이 등장했습니다. 위대함보다는 차라리 기억되어야 할 일, 기려야 할 가치가 있는 일을 구분하는 것이 낫지 않는가, 하는 입장도 논의되었습니다. 그런데 이 까다로운 문제를 종식시킬 변화가 바로 '기억재생 기술' 자체에 일어났던 것입니다!

겹겹의 회로와 센서가 부착된 기판, 무겁고 커다란 데이터 분석 장치, 이보다 더 복잡한 영상기기 등으로 구성되었던 기억재생기가 간편해진 것입니다. 귓바퀴에 깨알 크기의 칩만 심는다면, 언제 어디서나 자신의 기억을 영상의 형태로 재생시킬 수 있었습니다. 더 이상 모니터는 필요하지 않았습니다. 기억을 저장해놓은 책을 펼치면 홀로그램 영상이 저절로 흘러나왔기 때문입니다. 이와 아울러 화면의 생생함도 월등하게 개선되었습니다. 기억은 말 그대로 영상의 모습입니다. 그런데 단지 영상인 것만은 아닙니다. 그것은 청각, 촉각, 후각 같은 여러 감각의 종합이며, 동시에 언어적이고 개념적인 판단이 개재되어 있습니다. 또한 모든 기억이란 그 배경에 특정한 정서를 깔고 있습니다. 그 정서는 깊은 슬픔이기도 하고, 때로는 약동하는 기쁨이기도 하지요. 때로는 온몸을 감싸는 온기이거나, 가슴을 압박하는 심장박동이기도 합니다. 때로는 욱신거리는 손가락의 통증과 병행되기도 하며, 때로는 내장의 거북스런 뒤틀림과 얽이기도 합니다. 이것도 저것도 아니라면 기억은 평온함을 담고 있습니다.

초창기에 개발된 기억재생장치에는 이런 배경 정서가 결여되어 있었습니다. 순전히 시각에 의존했으며, 그 어떤 언어적이고 논리적인 판단도 병행되지 않은, 영화 역사 초창기의 무성영화만큼이나 조악한 형태였습니다. 그 같은 엉성한 기억이 점차 선명한 기억, 등장인물의 감정이 스며든 실감나는 기억으로 완성되어간 것입니다. 기억의 도서관에 가보세요. 서가 사이 테이블에 앉았던 독서가가 양손을 맞잡고 즐거운 비명을 내지르거나, 그 어떤 발작이라도 하듯 몸을 떨며 신음하는 모습을 보는 것은 그리 희한한 일은 아닐 것입니다. 지금 그들은 날 것의 기억을 고스란히 체험하는 중이니까요. 바로 자신 앞에 펼쳐진 책이 불러오는 기억만으로 뜨거운 희열에 사로잡히기도 하고, 가슴의 통증을 일으키는 격한 고통에 빠지기도 한답니다.

어느새 도서관은 비용을 걱정할 필요가 없어졌습니다. 다만 기억의 서적을 보관할 널따란 공간만 있으면 되었습니다. 그래서 교통사고로 세상을 떠난 다섯 살 마야의 기억이 도서관의 11층 G구역 진열대에 전시되게 된 것은 어쩌면 당연한 일이었는지 모릅니다. 그런데 그 부모의 바람이 실현되자, 그 부모와 유사하게도 여러 사건사고로 세상을 떠난 이들의 친지들이 앞을 다투어 진정서를 내기 시작했습니다. 그들은 왜 음주 운전으로 희생된 그 특정한 아이만이 기억되어야 하느냐며, 아직도 자신의 기억에 생생하게 남아 있는 내 사랑하는 이가 배제되어야 할 이유를 모르겠다고 항변했습니다.

세상 곳곳으로부터 온갖 종류의 청원서가 날아들기 시작했습니다. 코소보 학살의 피해자, 9.11 폭격의 희생자, 체르노빌 사건의 후예. 그러면서 도서관의 거의 모든 직원이 각종 민원의 중요성을 따지느라 밤을 지새워야 했습니다. 직원이 터무니없이 부족했습니다. 더 많은 직원이 채용되었지만 각 사안의 중대성에 대한 제대로 된 판별이란 거의 불가능하다는 것을 깨닫게 되었습니다. 결국 도서관을 증축하고 다시 증축하는 것 이외에는 그 어떤 다른 방법도 보이지 않았습니다. 도서관은 점점 그 끝이 보이지 않는 형상을 띠어갔습니다.

서가는 오래된 느낌이 드는 두툼한 적갈색 목재로 이루어졌습니다. 서가는 십 미터 길이에, 내 키보다 조금 높은 일 미터 팔십 센티미터 정도의 크기였습니다. 다섯 개의 서가가 일렬로 늘어서 있고, 서가 안에는 여느 책꽂이처럼 일정한 간격의 가로장이 꽂혀 있으며, 그 내부에 기억이 빼곡히 보관되었습니다. 서가와 서가 사이는 일정한 거리였지요. 한가운데에는 테이블과 의자가 놓여 있어서, 도서관을 찾는 사람이라면 누구든 원하는 기억을 골라 테이블에다 펼쳐놓았고, 그러면 홀로그램 영상이 오직 그 사람 앞에만 상영되었습니다. 오랜 순례 여행 끝에 도서관에 도착한 순례자들은 서가 사이를 지나쳐가며, 서가의 끝이 보이지 않는다는 사실에 경악하곤 했습니다. 서가와 서가 사이의 복도는 마치 원근법 화가의 풍경화에서처럼 까마득하게 멀어져서 점점 높이가 낮아지는 서가와, 그 끝이 보이지 않아서 아찔한 현기증을 일으키는 머나먼 한 점으로 끝났으니까요.

이 단계에서 인간이 직면한 것은 그 어떤 심원한 문제였습니다. 도서관의 보관 가능한 책의 분량과 보관 시간의 영원성을 비교하자면, 한 인간의 중요성에 대한 다른 인간의 판단이란 찰나적이지 않는가? 과연 세상 사람 가운데 기억되어야 할 그 어떤 숭고함도 갖추지 못한 이가 어디에 있단 말인가? 결국 도서관에다가 누구를 보관하고, 누구를 보관하지 말지를 구분하는 기준이란, 인간의 시선에 입각해서는 안 될 일이며, 오직 영원의 관점에 서야 하는 것 아닐까, 하는 질문과 함께 공포에 가까운 허무가 엄습해 왔습니다. 결국 완벽한 개방을 통한 모든 이들의 원망을 수용하는 방법만이 '불멸의 도서관'에 걸맞을 정책이라는 것과, 인류 가운데 영생으로 기려지지 않을 '신의 아이'란 단한 사람도 없으리라는 성찰에 도달한 것입니다.

　도서관은 높이와 규모를 더해갔습니다. 나는 어린 시절에 도서관의 사서였던 아버지를 따라서 도서관에 구경을 간 적이 있습니다. 도서관의 크기를 시험해보기 위해 서가를 지나칠 때마다 그 숫자를 세어보았지요. 육십 개의 서가와 열 개의 복도가 끝나는 지점마다 위아래가 뚫린 거대한 홀이 나타났습니다. 위로는 지금 내가 서 있는 장소와 흡사한 공간과 책이 진열된 서가가 보였습니다. 그 위로는 방금 나타났던 층과 엇비슷한 층이 다시 나타났습니다. 각층들은 지그재그로 이어지는 계단으로 연결되어 있고, 그계단은 끝이 보이지 않는 층으로 다시 연결되어 있어서, 이를 올려다보는 내 목이 절로 꺾였습니다. 맨 위는 끝없이 이어지는 계단과 점점 작아져서 까마득하게 느껴지는 층들이 아스라이 사라지고 있었기에, 내 놀람은 황홀한 찬탄으로 바뀌고 말았습니다.

　아버지가 사서였다는 이야기를 방금 전에 했던 것 같습니다. 아버지는 도서관이 만인의 것이어야 한다는 결정에 가슴 뜨거워했던 분입니다. 그분은 인간의 역사에 평등화에의 힘이 내재되어 있다는 것과, 그 힘이 세상을 한층 아름답고 풍요롭게 바꾸어나갈 거라고 강조하곤 했습니다. 아버지는 자신의 동료 가운데 적지 않은 이가 삶의 무지개를 잃어버렸다고 한탄했는데, 아버지의 무지개가 바로 모두를 위한 도서관이었다는 것만큼은 분명한 사실일 겁니다.

아버지의 사후에 나는 그분의 비망록을 펼쳐보았습니다. 경외감 깃든 손길로 조심스레 페이지를 넘겨가며 그분의 삶을 섬세하게 느끼려 했던 기억이 선연합니다. 나는 아버지가 그랬듯 귀청을 뚫을 듯 울리는 총포의 세례를 받았습니다. 나는 아버지가 그랬듯 거친 돌팔매와 깨어진 유리병 투척으로 이에 맞섰습니다. 나는 아버지가 그랬듯 마디의 감옥에 끌려가서는 완벽한 알몸이 되는 수치를 경험했습니다. 그 치욕은 유리창 하나 없이 밀폐된 벽으로 둘러싸인 독방의 적막보다 두렵지는 않았습니다. 손톱이 뽑히는 고문은 정신을 혼미하게 했지만, 한때 동지였으나 나를 배신해버린 하산에 대한 경멸감과, 나를 자신의 손안에 가두어두고 짓누르고 으깨면서도 내심 즐거운 표정이었던 마디에 대한 증오심만으로 이를 이겨낼 수 있었습니다. 칠년의 감옥 생활을 마치고 바깥으로 나왔을 때 내가 들이켠

것은 자유의 미풍이었습니다. 내 자신이 압제로부터 영원히 해방되었다는 것과, 그럼에도 가슴의 열정이 조금도 식지 않은 것을 깨달았습니다. 사해동포주의에 사로잡힌 내 자신은 유엔 산하의 국제구호기구에 가입했습니다. 세상 곳곳을 떠도는 유랑민을 돕는 일에 나서서 그 와중에 어느 아름다운 여인을 만났더랬습니다. 그 절절한 사랑의 결과로 얻은 것이 바로 나의 아들이었지요.

······내 자신의 출생 연원에 가슴 시려하며, 나는 아버지의 비망록을 덮었습니다. 그 얼마나 많은 이들이 나와 비슷한 심정으로 사랑하는 이의 기억을 찾을까요? 그들 가운데에도 가장 애절한 이는, 바로 죽어간 아이를 찾는 어머니가 아닐는지요? 어머니가 책을 펼쳐드는 순간 아이는 생기 넘치는 모습으로 되살아납니다. 어머니는 혼절할 듯 기뻐서 아이를 어루만지고, 껴안고, 눈물을 흘리며 아이의 볼에 입을 맞춥니다. 그런 애달픈 어머니가 모여드는 곳은 도서관의 11층부터 18층까지이고, 그들의 숫자가 결코 적지 않다는 사실에 나는 놀라곤 합니다.

도서관에 와서 기쁨에 젖는 이들 가운데에는 죽음을 앞둔 노인도 있답니다. 그들은 비망록의 페이지를 쓰다듬으며, 때로는 젊은 시절에 나누었던 가슴 졸이는 사랑을 되새기기도 하고, 때로는 뭇 남자의 애간장을 녹였던 자신의 미모를 되살려 그 자태에 감탄하기도 합니다. 그런 의미에서 도서관이야말로 모두가 최상의 환희와 영예를 얻는 장소가 아닐는지요? 영원한 생명과 변함없는 행복을 누린다는 천국을 제외하고는, 이곳만큼이나 인간에게 기쁨을 안기는 장소가 또 어디에 있겠습니까?

……바로 이 이야기는 돌아가신 아버지와 청년이었던 내가 나누었던 찬사였습니다. 분명 아버지가 꿈꾸었던 것은 평화로운 인간들이 빚어내는 천상의 합주였을 겁니다. 그 합주는 경이로운 선율이어야 하며, 행복에 겨운 화성이어야 했습니다. 그런데 최근 들어 도서관에서 전혀 뜻밖의 무언가를 느꼈습니다. 그것은 귀뚜라미의 울음소리보다 약간 껄끄러운, 조금은 기이한 소음이었습니다. 너무나 당연한 일이지만, 도서관의 어딘가에, 아버지가 비망록에서 '인간 백정'이라고 경멸했던 마디의 기억이 보관된 것을 깨달았습니다. 도서관 148층, 아니면 149층이었던 것으로 기억합니다. 그 책을 그냥 지나칠까 고민하다가는, 그 어떤 기이한 힘에 이끌려 마디의 기억을 들추고 말았습니다.

물론 나의 이야기가 도서관의 일반 역사여야 한다는 사실을 잘 알고 있습니다. 그럼에도 그것은 때로는 개별 사례를 통해 드러나기도 하지요. 도서관의 적지 않은 책들이 그러하듯 마디의 책도 자화자찬 일색이었습니다. 고문 기술자가 그토록 신의 은총 속에 살다니요! 차라리 괴물에 가까운 그가 신의 자비를 이야기하다니요! 그러나 마디의 기억에는 그가 자행한 고문 장면은 하나도 등장하지 않았습니다. 거꾸로, 마디가 죄수에게 경전을 읽어주며 훈화하거나, 아픈 죄수를 치료해주는 장면만이 묘사되어 있었습니다. 이게 자가당착 아니고 무엇일까, 하는 구역질을 느끼며 책을 덮어버렸습니다. 그럼에도 다시 생각해보니, 그 누가 되었든 불쾌한 기억을 삭제해버릴 수는 있을지언정, 결코 제멋대로 편집하거나, 없는 사실을 꾸며낼 수는 없다는 기억재생의 원칙이 떠올랐습니다. 나는 다시 책을 열었습니다. 마디는 자신의 수하에 가두어둔 죄수 가운데 하늘의 자비를 저버린 자가 없다고 믿었습니다. 마디 본인이 그들의 영혼을 품어주고 지치지 않는 애정으로 치유하려 든 겁니다.

마디의 책을 덮으며 나를 사로잡은 것은 형언하기 힘든 복잡함이었습니다. 마디는 한편에서는 수감자의 손발톱을 뽑았습니다. 그러나 다른 한편에서는 성심성의껏 그 피를 닦아주고 붕대로 감싸주었습니다. 그가 사원에서 예배를 드릴 때면 그의 영혼에는 그 어떤 거짓이나 자기기만도 섞여들지 않았으며, 스스로를 낮춘 그의 정신세계에는 사원의 기도 소리만이 충만하게 채워질 뿐이었습니다. 그 어느 순간엔가 나는 내 자신이 도서관에 대한 예찬으로부터 조금 벗어나 있는 것을 깨달았습니다. 도서관에 대한 무한한 존중심에 사로잡혔던 아버지나, 아버지와 비슷한 자화자찬에 빠진 노인네와는 다르게도, 도서관은 삶의 예찬만이 존재하는 곳은 아니었습니다. 그 어떤 순결한 영혼이 있다할지라도, 이를 추악하게 더럽힐 타자와의 공존 가운데, 언제 어디에서 어떤 급습을 당할지 모를 상황이었던 것입니다. 나는 내 자신의 음울한 표정과 비슷하게도, 그 어떤 혼란에 사로잡혀 있거나, 몹시 불쾌한 기색으로 책을 덮는 이들을 목격한 경험이 있습니다. 그 어떤 선악의 예단 없이, 도서관이 만인에게 동등하게 개방되어야 한다는 원리가 어쩌면 신성모독에 가깝거나, 인간이 누려야 할 희망의 차원을 더럽히는 일일지 모른다는 생각에 내 마음은 어두워지고 말았습니다. 그럼에도 어쩔 도리가 없었습니다. 아버지에 대한 뜨거운 예찬자였던 나는, 도무지 어찌할 바 없는 힘에 이끌려 이번에는 하산의 기억을 찾아 나설 수밖에 없었습니다.

아버지와 하산은 애초에는 피를 나눈 형제만큼이나 뜻이 잘 맞는 동지였습니다. 아버지는 하산으로부터 지혜를 얻었고, 하산도 아버지의 용기로부터 힘을 얻었다고 합니다. 그랬던 그가 감옥에 끌려온 뒤 바뀌어버렸습니다. 그는 아버지와의 비밀을 죄다 털어놓았으며, 더욱 뻔뻔하게도 그렇지 않느냐는 투로 아버지를 다그치기까지 했습니다. 아버지의 비망록에서 하산은 인간 이하의 수준으로 타락했기에, 나는 그가 이제는 경찰의 끄나풀이 되었거나, 무슨 폭력조직의 하수인으로 변질되지 않았을까 상상해보았습니다. 그런데 그는 뜻밖에도 점잖은 학자로 변모해 있었습니다(그는 유수의 대학을 은퇴한 뒤 집필 활동을 하다가, 최근에 사망한 걸로 되어 있었습니다).

하산의 기억은 상당히 독특했습니다. 당연한 일이지만, 그가 겪어야 했던 감옥에서의 일화는 단 한 번도 등장하지 않았습니다. 그의 비망록은 오로지 진리 탐구에 매진하는 고독한 철학자의 모습을 보여주고 있었습니다. 실핏줄처럼 복잡하게 얽힌 사료 앞에서 무엇이 진실이고 무엇이 거짓인지를 가늠하며 밤을 지새워 탐독했습니다. 역사철학이 그의 전문 분야였지만 경제학, 진화론, 신경생리학 등 꽤나 다양한 분야의 책을 읽어나갔고, 마침내 자신이 우주의 비밀에 가까워지는 느낌이었습니다. 그런 그가 아버지와 직면했던 경험이 있습니다. 아마도 아버지가 국제구호에 전념하기 위해 중앙아시아로 떠나기 직전이었던 것 같습니다. 하산의 시선에 아버지는 여전히 맹목적이었습니다. 아버지는 진실에는 눈을 감아버린 장님이었으며, 자화자찬하는 습성에 젖은 허풍선이요, 허수아비 영웅이었던 것입니다. 세상의 여기저기를 찾아다니며 약자에게 헌신한다지만, 자신이 우물에 풀어놓는 것이 물을 정화시키는 청결제인지, 아니면 우물을 못 쓰게 만드는 맹독인지 깨닫지 못하는 서글픈 인간이었습니다. 어쩌면 하산 본인이 삶과 세상을 비극적으로 관조하고 있기에 모든 인간이 슬퍼 보이는지 모릅니다. 자신은 바위처럼 무겁게 가라앉은 반면 아버지는 거품처럼 가볍게 떠올라, 늘 그래왔듯 하산을 얕잡는 시선을 감추지 못했습니다⋯⋯.

나는 이토록 서로가 서로를 경멸하는 사이를 본 적이 없었습니다. 끝 모를 정도로 엇나간 인간끼리 상대를 얕잡는다고나 할까요. 아버지가 지치지 않는 실천을 상징하는 파란 색조를 지녔다면, 하산은 무한한 독서에서 비롯한 지혜를 의미하는 붉은색을 띠었습니다. 도서관은 자신의 색으로 상대를 채색해 엉망으로 만들어버리는, 인도의 색깔축

제와 흡사한 난장판이었던 것입니다. 목숨을 바쳐야 할 임무를 앞둔 어느 젊은이가 있었습니다. 시시각각 다가오는 죽음 앞에서, 그 젊은이는 자신에게 주어진 '죽음의 잔'을 피할 길이 없을지 고뇌에 사로잡혔습니다. 그는 거듭 엎드려 신께 기도를 올림으로써 하늘의 뜻을 가늠하려 애썼습니다. 마침내 새벽빛이 스며들 무렵, 젊은이는 세계 무역센터로 돌진할 비행기를 타는 것만이, 세상을 악으로부터 구원하는 길임을 깨닫게 되었습니다.

그보다 반세기 전 세계통일이라는 야심찬 구상에 몰두한 어느 인물이 있었습니다. 그는 거울을 볼 때마다 자신에게서 위대한 알렉산더를 발견하고 희열에 들뜨지 않을 수 없었습니다. 그의 이름이 히틀러였던 것으로 기억합니다. 도서관의 서가에서 히틀러나 모하메드 아타의 기억을 찾는 것은 그리 어려운 일이 아닐 겁니다. 우리의 거룩한 도서관이 어떻게 이렇게 상대성이 난무하는 장소로 변질된 것일까요? 나는 조심스런 심정으로 아버지의 비망록을 다시 읽어보았습니다. 처음부터 끝까지 세밀하게 느껴보고서는, 아버지가 그 모진 고문을 이겨내기 위해서라면 하산 같은 변절자가 반드시 필요했다는 결론에 이르렀습니다.

그 반대도 마찬가지입니다. 진위 판별에 몰두하는 어느

학자가 제대로 된 자아상을 세우기 위해서라면, 아버지처럼 우둔한 맹동주의자가 필요했던 것입니다. 시일이 흐르며 나는 이 모든 상대성에 그 어떤 진실이 내재되었음을 깨닫기 시작했습니다. 도서관의 기억 대부분은 일종의 서사입니다. 그 이야기 하나하나는 세상의 역경을 극복해 나아가는 인생여정이자, 삶의 투쟁이며, 승리의 미담입니다. 그런데 그 과정에서 주인공이 존엄해지기 위해서라면, 스스로 딛고 서야 할 악역이 있어야 한다는 사실입니다. 심지어 만인의 칭송을 받는, 지상에서 가장 '거룩한 분'도 예외는 아니었습니다. 그분의 삶이 극적인 의미를 지니기 위해서라면, 그분으로부터 "이 독사의 자식들!" 하는 분노의 욕설을 듣는 환전상이 있어야 했지요. 또한 그분의 시선에 하찮게만 보인 바리새 사람들의 협잡도 반드시 필요했던 것입니다. 하물며 보통 인간들의 자기예찬 장소인 기억의 도서관에서 어떻게 모놀로그가 존재할 수 있겠습니까? 거꾸로 수많은 악인이 등장하여 주인공을 둘러싸고 악담을 지껄여야 주인공이 멋들어지게 격상되는 것 아닐까요?

그렇다면 한 가지 질문이 뒤따릅니다. 하산과 아버지 가운데 과연 누가 더 나은 존재일까요? 이 질문은 '앎'과 '함' 가운데 어느 것이 더 소중하냐는 판가름을 의미할 겁니다. 그것은 어쩌면 9.11의 희생자와 9.11의 순교자 가운데 누가 진정 존중받아야 할 인물인가, 라는 질문과 마찬가지의 불완전한 가치선택일 따름입니다. 영원한 시간에 입각해서라면, 그 어떤 인간의 위상이건 언제 어떻게 뒤바뀔지 알 수가 없습니다. 심지어는 지상에서 가장 거룩하다고 칭송되는 '그분'까지도……. 이런 문제에 사로잡힌 나는 어느새 편안함을 잃어버렸습니다. 도서관이 내 마음의 안정을 빼앗아 간 것입니다. 뒤척이며 밤을 지새우기 일쑤였습니다. 그 언젠가는 소름끼치는 의문이 나를 엄습해 와 땀에 흠뻑 젖게 만들었으며, 가슴이 오그라드는 불안으로 떨게 했습니다. 나는 자리에서 일어나서 주섬주섬 옷을 걸치고 집 바깥으로 나왔습니다.

언제나 그랬듯 지구상에서 가장 거대한 건물은 한밤중에도 현란한 불빛으로 세상을 비추고 있었습니다. 그곳에 들어서며 늘 마음속에 그리고 있었지만 막상 찾아볼 생각을 하지 못했던 한 인물을 찾기 시작했습니다. 어머니. 그분에 관해서라면, 아버지는 늘 말을 아꼈습니다. 그럼에도 보기 드물 정도로 아름다운 분이었다는 것과, 나를 낳은 뒤 꽃다운 나이에 세상을 하직했다는 사실을 알려주었습니다. 예전에 나는 가계도를 뒤져서 어머니의 이름을 확인한 적이 있습니다. 나는 그분의 출생년도와 이름이 적힌 메모지를 손에 쥔 채 도서관을 배회했습니다. 며칠이 지난 어느 새벽이었습니다. 나는 어머니가 자신의 기록을 남기지 않았지만, 그분의 사촌이었던 모나가 어머니에 대한 기억을 남겨두었음을 깨닫게 되었습니다.

모나의 비망록은 끝없이 솟은 계단 바로 옆, 먼지가 엷게 덮인 서가의 맨 아래 가로장에 꽂혀 있었습니다. 그 책을 펼쳐서 몇 페이지를 넘기자 소녀 시절의 어머니가 되살아났습니다. 어머니는 정말이지 눈부시게 아름다운 유랑 소녀였습니다. 모나와 함께 쫓기는 처지였고, 정처 없는 피난길을 떠난 난민 신세였습니다. 사막의 입구에서 구호단체를 만난 것은 뜻밖의 행운이었습니다. 그곳에서 바로 유엔의 표지를 가슴에 단 아버지를 만났던 것입니다. 아버지는 구세주나 마찬가지 존재였지요. 먹을 것과 잠잘 곳을 마련해주었으니까요. 아버지의 시선에 모나는 투명 인간이나 마찬가지였지만 어머니의 아름다움은 아버지의 영혼을 빨아들였습니다. 페이지를 넘기는 내 손이 떨립니다. 이어지는 페이지에 너무나 경악스러운 내용이 담겼기 때문입니다. 어머니는 어쩔 도리가 없었습니다. 상대는 추격당하는 자신을 보살펴주고, 먹을 것과 입을 것, 그리고 거처까지, 한마디로 모든 것을 베풀어준 은인이었으니까요…….

아버지의 비밀스런 과거에 부딪친 나는 완전히 난파한 느낌이었습니다. 하산의 아버지에 대한 경멸이야 하산의 관점일 뿐, 그것이 평등주의에 대한 아버지의 열정을 훼손하는 것은 아니었습니다. 이와 달리 모나의 비망록은 아버지의 이상과 열정을 내부로부터 무너뜨렸습니다. 그 어떤 위세에도 굴종하지 않고, 손발톱이 뽑히는 고문을 감내하며 악착같이 저항해왔던 평등주의자가, 구호의 손길을 방편 삼아 어느 가련한 소녀를 약취하다니요? 그것이야말로 아버지가 그토록 혐오했던 지배와 피지배의 재림이며, 스스로가 지배자로 군림했음을 선포하는 것 아닐까요?

책을 팽개친 내 머리에 일대 혼란이 먹구름처럼 밀려듭니다. 아름다움과 추악함. 고결함과 잔인함. 숭고함과 비루함. 이 모든 모순된 단어가 내 머리를 어지럽힙니다. 나는 나처럼 새벽녘에 도서관에 와서 책을 들추는 이 가운데, 남들 몰래 책을 찢어서 없애거나, 화장실에 들고 가서 불태우는 이가 있다는 것을 알고 있습니다. 나도 그들처럼 이 충격적인 비망록을 찢어서 없앨까 고민했던 적이 있습니다. 그러나 곧 그런 행위가 무용하다는 것을 깨달았습니다. 세상 곳곳에는 무수한 도서관이 존재하고 있고, 원본은 어디에나 보관되어 있기에, 훼손된 서가는 곧바로 채워지는 것이 도서관의 순리였습니다.

모나라는 인물을 탓하고 싶지만 그럴 수도 없었습니다. 그녀의 기억은 아버지에게 한풀이를 하려 쓰인 것이 아니었습니다. 평소 어머니의 아름다움에 열등감을 느껴야 했던 한 처녀가 어머니의 몰락을 겪으며, 자신의 삶에 희망을 키워나갈 힘을 얻는 내용이었던 것입니다. 이는 감옥에서 손톱을 뽑히는 고문을 당했던 한 청년이, 자신의 체험을 지난한 역경 극복의 사례로 들었을 뿐, 다른 누군가의 죄상을 폭로하려 고백한 것이 아니었듯 말입니다.

나는 잔인한 눈빛으로 서가를 뒤지는 사람들과 스치곤 합니다. 직업 정신에 투철한 그들이 찾는 것은 누군가의 비밀일 것입니다. 다시 말씀드리지만, 도서관의 건립에 아버지만큼 기뻐했던 분이 없을 것입니다. 인간이 여러 차원에서 숭고해졌으며, 더 이상 우아할 수 없으리만치 우아해졌다고 믿었으니까요. 하나 깊은 내면에서 염세주의자였던 하산은 그 반대를 주장했습니다. 신이 비록 세상을 질서정연하게 창조하려 애썼으나 지금 같은 카오스 세상이 도래한 것처럼, 인류가 비록 도서관을 통해 자아성찬에 사로잡혔을지라도, 그 결과는 어찌할 바 없는 거대한 혼돈이라고 비판했던 것입니다. 나는 영원히 사라지지 않는 기억이란 한편에서는 소멸의 극복이며 영생의 쟁취라고 믿어왔습니다. 그런데 이제 와서는 사라지지 않는 기억이란 결코 지울 수 없는 낙인이거나, 세상이 끝날 때까지 지속될 형벌일 수도 있다고 느끼기 시작했습니다.

나는 거의 미쳐버릴 것 같은 눈빛과 떨리는 손놀림으로 나에 대한 저주의 글을 찾기 시작했습니다. 최근에는 서가의 어느 침침한 구석에서 책 두 권을 찾아냈습니다. 첫 번째 책에는 냉담한 이기주의로 일관했던 나의 첫 번째 결혼에 대한 악담이 퍼부어져 있었습니다. 다른 책에서는 자신이 아꼈던 검은 고양이를 잔혹하게 학대했던 에드거 앨런 포의 주인공을 빗대어, 자신의 의붓딸을 학대해온 내 비정함을 고발하는, 역시 실패로 예정되었던 나의 두 번째 결혼이 묘사되어 있었습니다. ……책을 덮는 순간 피가 말라붙는 느낌이었습니다. 그럼에도 그 사연이 너무나 절절했기에 상대를 비난할 수만은 없었습니다. 정말이지 도서관은 인간의 자아상을 찢는 틈바구니일지 모릅니다. 그 틈으로 새어나오는 빛 가운데 서면 그 누구라도 자기 존중으로부터 멀어지며, 스스로가 세상의 짐이자 죄악일 수밖에 없다는 뜻밖의 진실에 직면하여 숨 막히는 고난이 시작되는 것입니다.

나는 나와 비슷한 두려움의 수인이 된 사람들을 도서관의 복도에서 마주치곤 합니다. 그들은 편집증에 사로잡힌 눈빛으로 이 책 저 책을 뒤적이며 무언가를 찾고 있습니다. 그들은 자신이 미처 알지 못했던 수치스런 과거가 다른 누군가의 비망록에 적혀 있지 않나 염려하기도 하고, 자신이 절대 누설한 바 없던 비밀을 다른 누군가가 또 다른 누군가에게 속삭이지 않나, 하는 의심에 사로잡혀 있기도 합니다. 심지어는 그 어떤 알지 못할 원한을 품은 한 여인이 단한 번도 만난 적 없던 노인을 칼로 찔러 즉사시키는 모습을 목격한 일도 있습니다. 그만큼 도서관은 저주와 원성이 판치는 장소로 변질한 것일지 모르지요.

차라리 그럴 바에는, 그 어떤 가위질이나 칼질을 거치지 않은 원형 그대로의 기억을 보존하자는 여론이 일고 있습니다. 나는 이 같은 여론 조성이 성공에 이를 것이라 예상하고 있습니다. 그 단계에 도달하면, 인간은 잘못에 수치스러워하고, 사랑으로 애달파하며, 의롭지 못한 일에 분노하는 인간 정서와는 거리가 먼, 전혀 뜻밖의 그 무엇으로 변해버릴지 모릅니다. 아니, 이미 도서관은 인간의 많은 부분을 변형시킨 듯합니다. 나 자신부터가 보통의 인과관계에서 벗어나서 기묘하고도 독특한 상상에 시달리고 있으니까요. 이를테면 인류의 역사에서 항상 예찬되어온 '그분'의 삶에 대해서…… 인류가 그분의 비망록에 그토록 열성적인 사랑에 빠져들지 않았더라면, 그분의 경멸을 샀던 바리새인이나 환전상 또한 인류로부터 그토록 골 깊은 증오를 받지 않았을 텐데…… 결국 600만에 이르는 바리새인과 환전상의 학살이란 인류가 간직한 그분에 대한 뜨거운 사랑의 한 표현이며, 그 학살 사건이야말로 다른 누구의 책임이라기보다는, 세상 만인의 집착에 가까운 사랑을 받아온 바로 그분 탓이 아닐까 하는 상상…….

자아정체성이 조금씩 변형되어가는 것은 오직 나 혼자만의 느낌은 아닌 듯합니다. 도서관을 배회하는 누군가는 천 명, 만 명의 삶을 체험하기도 했습니다. 그는 스스로가 만 명의 삶에 편재한다고 느끼면서, 전생의 비밀을 알아버린 은자처럼 침묵에 빠져버렸지요. 거꾸로 누군가는 단 한 권의 비망록을 붙잡고 수천 번, 수만 번을 반복해서 읽고 있습니다. 다른 누군가는 그 모습이 타인의 기억에 갇힌 자폐아의 책 읽기 아니냐고 조롱합니다. 하나 그가 모르는 사실이 있습니다. 단일한 비망록을 새로이 읽을 때마다, 전혀 새로운 느낌이 밀려드는 것입니다. 그 같은 반복되는 책 읽기는 책을 바꿔내고 스스로를 바꿔내, 마침내 파로스 섬의 프로테우스처럼 자신을 계속 변형시켜가는 과정일지 모릅니다. 나는 이 무한한 책의 바다 가운데에서, 내 자신이 그 어떤 새로운 정체성을 갖기를 갈구하며, 오늘도 잠을 이루지 못한 채 희멀건 눈빛으로 서가 사이를 배회하고 있습니다.

세상을 팔아버린 사람

나는 백화점의 습기 낀 프랑스식 침대에 길게 드러누워 있다. 식어가는 오후의 햇살이 창틈으로 스미어 녹물로 얼룩진 벽을 적갈색으로 물들이고 있다. 아무도 없는 이곳에서 이렇게 누워 있던 것이 벌써 몇 해째던가. 내 머리칼은 바닷속에서 수천 년을 하늘거렸던 수초처럼 길게 자랐고, 옷은 미라를 감은 붕대처럼 때와 기름에 절어 몸에 더덕더덕 붙어 있다.

구불구불 자란 내 더러운 손톱 밑에 낡은 책 두 권이 놓여 있다. 한 권은 이 기묘한 세상에 악의 주문을 건 어둠의 책이다. 다른 한 권은 이 서글픈 세상의 마법을 풀어낼 희망의 책이다. 창틀의 햇살이 점차 사라져서 실내가 어둑어둑해질 무렵이면, 나는 희망의 책을 들고 침대에서 일어선다. "세상은 엄연히 존재한다,"라고 시작하는 책의 내용이야 너무 자주 읊어, 애당초의 생생함은 사라졌으며 내 의식은 몽롱한 편이지만, 그럼에도 나는 자세를 가다듬어 똑바로 선다.

내 위치는 백화점의 전경이 내려다보이는 높은 침대 위다. 접힌 페이지를 펼친 뒤 합창대의 소년단원처럼 목소리를 가다듬는다. 책의 구절을 암송할 때면 내 목소리가 백화점의 벽들에 반향되어 중세의 성당에라도 와 있는 느낌이다. 혹여 누군가가 백화점에 들어와서, 여느 때처럼 물건을 고르거나 아이쇼핑이라도 한다면, 그 사람은 내 목소리를 백화점에서 틀어놓은 기이한 배경음악으로 여기거나, 중세 수도사의 단조로운 성가 낭독으로 느낄지 모른다. 혹여 누군가가 백화점에 들어온다면…….

*

그날 아침 공기는 선선했다. 지구는 천천히 자전하여 여느 날과 조금도 다르지 않은 화사한 아침 햇살을 나에게 선사하고 있었다. 평소처럼 자리에서 일어나 화장실 거울을 들여다보았다. 거울에 비친 내 모습은 잠에 덜 깬 눈꺼풀이 조금 부었을 뿐 어제 잠자리에 들기 전 그대로였다. 세면대 모퉁이에 비누와 면도기도 전날 정리해 놓은 그대로 반듯하게 놓여 있었다.

아침을 거르는 습관이 있어서 집 밖으로 나와 네거리로 향하기까지 그리 오랜 시간이 걸리지 않았다. 국수를 파는 포장마차에서 피어오르는 연기나 등교를 서두르는 아이들의 재잘거림, 혹은 자동차 경적 소리만 있었더라면, 그날은 여느 날과 전혀 다르지 않았으리라.

까맣게 죽어 있는 신호등을 건너려던 순간 교양과정 수업의 프린트 자료가 준비되지 않은 것을 깨달았다. 버스정류장에서 휴대전화를 꺼냈다. 조교에게 연락하여 교양과정 학생 숫자에 맞게 인쇄물을 출력해놓으라고 부탁하려던 참이었다. 휴대전화가 먹통이었다. 나는 충전이 덜 되었나 생각하며 전화기를 껐다가 켜보았다. 신호는 들어왔으나 발신음이 잡히지 않았다. 이번에는 대학교의 행정실 번호를 눌러보았다. 전화가 먹통이기는 마찬가지였다. 전화기를 껐다가 켜보기를 반복했지만 계속 먹통이었고, 사정이 그렇다면 내가 직접 가서 출력하고 복사하는 방법밖에 없다고 여겼다.

거리에 오가는 이가 한 사람도 없다는 것을 기이하게 생

각한 것은 바로 그 시점이었다. 어느새 여덟 시를 넘겼는데
도 자동차가 한 대도 보이지 않았다. 등교하는 학생도 없
었다. 텅 비어 있는 길에는 신문지 조각이 바람에 날릴 뿐
완벽한 고요가 내려앉아 있었다. 처음에는 이상하다는 느
낌이 나를 사로잡았고, 점차 그 느낌은 당혹스러움으로 바
뀌어갔다. 버스를 기다리느라 이십 분을 허비했지만 오는
것은 아무것도 없었다.

대학 방향을 향해 황망한 걸음을 옮기기 시작했다. 거리
의 모든 신호등이 까맣게 죽어 있었다. 이십사 시간 운영하
는 편의점 점포는 불이 꺼져 있었으며 사람은 보이지 않았
다. 길 맞은편에 경찰차 한 대가 서 있었다. 운전석에 경찰
이 보였다. 나는 안도감을 느끼며 그쪽으로 뛰어갔다. 경찰
은 열린 차창 밖으로 한쪽 손을 내뻗은 채 묵상하듯 눈을
감고 있었는데, 경찰관님, 하고 내가 그의 어깨를 건드리자,
그의 머리가 스르르 무너져 내렸다. 얼굴이 하얗게 변색되
고 피부는 부석부석 말라버린 채 그 경찰은 죽어 있었다.

소스라치게 놀랐다. 한참 뒤에야 정신을 차려 112를 눌
렀으나 전화는 여전히 먹통이었다. 나는 공포에 사로잡혀
거리를 뛰기 시작했다. 자동차건, 사람이건, 주인을 잃어버
린 개건, 무엇이라도 좋았다. 움직이는 것이 단 하나라도

있다면, 그를 붙잡고 세상에 무슨 일이 벌어졌는지 하소연할 수 있었으리라. 내게는 친근한 소꿉친구 같던 P시가 아무리 쓰다듬고 어루만져도 전혀 반응하지 않는 차가운 석고상으로 돌변한 느낌이었다. 나는 홀로 버려진 미아처럼 거리를 뛰고 또 뛰었다. 네거리에 사람이 누워 있었다. 누더기 차림의 노숙자였다. 나는 간절한 심정으로 그의 상체를 붙들어 일으켰지만, 눈에 백태가 낀 노인은 힘없이 축 늘어지는 것으로 답변했다.

거리를 헤매며 죽어 있는 사람과 더 마주쳤다. 그들은 마치 방부 처리한 박제처럼, 공포영화에 나오는 밀랍 인형처럼 말라비틀어져 길 아무데나 쓰러져 있었다. 무슨 일이 벌어진 것일까? 밤새 세균전이라도 벌어진 것일까? 나는 우리나라의 오랜 원한 관계를 생각했다. 하지만 시체들은 하나같이 창백하게 말랐을 뿐 원래 모습 그대로였고, 건물들도 조용히 관망하는 듯한 표정으로 나를 내려다보고 있어서 전쟁의 가능성을 부인했다. 다른 무엇보다도, 이런 무시무시한 격변이 일어나는 동안 내가 그 어떤 소음도 듣지 못한 채 잠들어 있었다는 사실이 믿어지지 않았다.

한 시간 반을 걸은 끝에 내가 출근했어야 할 대학 건물에 도착했다. 평소 같았으면 구수한 커피 향기가 학생들의 잡담에 섞여 흘러나왔을 대학 식당은 깊은 바닷속에 가라앉은 폐선처럼 침묵을 지키고 있었다. 구내의 수위실 근처에 다가갔을 때 그 안에서 희미한 소리가 들렸다. 나는 긴장감으로 잠시 호흡이 멎는 듯했다. 숨을 죽이고 가만히 수위실 안으로 들어가 보았다. 말라 죽은 수위 옆에 켜져 있는 텔레비전 화면에서 희고 검은 콩알이 튀고 있었다. 소리는 텔레비전에서 나는 무의미한 기계음일 뿐이었다.

P시의 정황을 방송하는 채널은 단 한 곳도 없었다. 수십 개의 채널이 모두 멎어 있었으며 라디오에서는 잡음만 흘러나왔다. 절망에 휩싸인 내 발길은 학생들에게 현대철학사를 가르쳤던 5동 건물로 나를 인도하였다. 아무도 없는 강의실 강단에서 정처 없이 오가는 나의 발걸음 소리가 황망하게 울릴 뿐이었다. 페스트가 휩쓴 십사 세기의 베네치아나 카탈로니아도 이보다 더 처참하지는 않았으리라. 그곳에는 죽은 자와 주검을 치우는 산 자들로 나뉘어 있었을 테니까. 생명을 빨아들이는 잿빛 망령이 온 도시를 휩쓸어 버린 듯 이곳에는 오직 죽음뿐이었다.

사람을 찾는 일에 지친 나는 교정 한가운데에 벌러덩 드러누웠다. 파란 하늘은 무심하게 나를 내려다보고 있었다. 모든 것이 거꾸로 되어 있구나. 상황은 분명 내가 생각하는 것과 반대야……. 나는 상상의 날개를 펼쳤다. 나는 잠자리에서 일어나지 못했을 것이다. 혹 앰뷸런스에 실려 응급실에라도 이송되었을지 모르지. 간호사와 의사가 의식불명인 나를 구하려 달라붙어 있을 테고, 어쩌면 수술대 위에서 뇌가 절개당해 있을지 모르지. 그런데도 나는 그런 정황조차 느끼지 못한 채 악몽을 꾸고 있는 거야. 죽은 자들의 도시에 갇혀 혼자 배회하는 악몽……. 그러나 왜 이 악몽은 이다지도 현실적일까? 두세 시간 동안 일관되게 이어지다니……. 도대체 이 악몽은 언제까지 지속될까……?

*

둘째 날 그리고 그다음 날 나는 천변으로 난 무수한 아파트와 상가, 공장지대, 빌딩에를 무작정 들어가 보았다. 어느 곳에서나 비슷한 정경이 나를 기다리고 있었다. 피가 증발한 채 썩지 않고 나뒹구는 사람들, 말라버린 개와 고양이의 사체들, 주검을 지키는 휑뎅그렁한 가구들……. 정육점 갈고리에 걸린 고기에는 파리조차 날지 않았으며, 여기저기 널브러진 음식에도 구더기 한 마리 슬지 않았다.

다시 한번 세균전이 뇌리에 맴돌았다. 그럼에도 증거는

없었다. 모든 신문은 6월 4일에 멈춰버렸으며, 그 이후의 소식을 전하는 기사나 뉴스는 아무것도 없었다. 나는 거리와 집들과 건물들을 탐사하며 몇 가지 사실을 깨닫기 시작했다. 첫째, 사람들은 수면 중에 일거에 사망한 듯했다. 대부분의 시체들은 잠자는 자세로 나뒹굴고 있었으며, 그들 가운데에는 살아남거나 도망친 사람은 단 한 사람도 없었다. 둘째, P시의 한복판에는 외국계 백화점이 있고 그곳에는 자가발전 시설이 있다는 사실이다. 건물 전체에 전력이 공급될 뿐 아니라 화장실 물까지 수세식으로 깨끗하게 내려갔다(나는 살아 있는 사람을 발견할 그 어느 날까지 그 백화점을 임시 거처로 삼기로 했다). 셋째, P시와 인근을 샅샅이 뒤졌지만 살아 있는 자라곤 분명 나 혼자였다. 죽은 자들과는 달리 나는 피부가 탈색되지 않았으며 미라처럼 마르지도 않았다. 수염과 머리카락은 잡풀처럼 자라고 있었다.

공기 전염의 위험은 없어 보였다. 정육점의 고기 조각을 먹고 수돗물을 마셔도 팔팔했다. P시에서 오직 나 혼자 자연이 부여한 수명을 누릴 특권을 부여받은 듯했다. 손수 거두어 땅에 묻어준 아버지와 여동생 내외를 제외하고는, 그 어느 시체도 건드리지 않으려 애썼다. 죽은 자들은 건물 여기저기에 숨어 있다가 불쑥 튀어나와 나를 놀라게 했지만, 그 모습은 무해하고 무력한 마네킹처럼 점점 익숙해졌다. 이런 격변 가운데에서 자연적이건 인위적이건, 그 어떤 인과를 따지지 않을 수 없었다. 누가? 왜? 이런 엄청난 일을 벌였을까? 이 문제가 나를 밤낮으로 괴롭혔다.

가장 강력하게 나를 사로잡은 생각은 전쟁이었다. 우리나라와 오랜 적대 관계였던 강대국 A가 떠올랐다. 그 나라와의 관계를 돌이키자면, 최근 들어 수도에 연락사무소를 세울 정도로 사이가 호전되었지만, 역사적으로는 원한이 깊었다. 나는 주요 건물들의 위치가 표기된 도심 지도를 구한 뒤 아흐레를 걸어 수도에 위치한 그 나라의 연락사무소에 가보았다. 지키는 이 없는 건물의 그 어떤 전화나 그 어떤 통신수단도 먹통이었다. 그곳 숙소에서 A나라 특유의 커다란 키에 비만한 체구의 사체 여러 구를 발견했지만, 그들 또한 찾는 이 없이 버려진 상태였다.

A의 급습이 아니라면 어느 나라가 이런 일을 벌였을까? 수도의 곳곳에 위치한 여러 대사관에를 가보았지만 내가 마주친 것은 하나같이 살풍경한 광경일 따름이었다. 그렇다면 죽음의 재앙이 이 나라를 넘어 전 세계에 이르렀단 말인가? 첫날에는 터무니없는 공상 같던 내 예측이, 내 발길이 미치는 어디에도 살아 있는 사람이 없는 지금 이 순

간, 현실로 다가오기 시작했다.

오직 그분을 찾는 것 이외에는 이 참극의 원인을 이해할 길이 없겠다는 생각에 이르렀다. 혁명 성공의 날 백만이 넘는 인파가 운집했다던 '태양의 광장'을 가로지를 때에나, 붉은 경비대가 이십사 시간 지키고 있다던 '비밀의 정원'을 통과하여 궁전 안에 들어설 때에도 나는 홀로였다. 그 넓은 궁궐의 주인은 미로처럼 얽힌 건물 내부의 가장 은밀한 방, 넓은 침대 위에 반듯이 누워 잠들어 있었다. 나는 그분의 옆자리에 나란히 누웠다. 나는 그분의 뺨을 어루만지며, 대통령께서 보통 사람과 다를 바 없이 서글픈 최후를 맞이했다는 사실에 가슴 시려했다.

이제 상황은 분명해졌다. 이유야 알 수 없지만, 내 발길이 닿는 만큼 내 고독한 왕국의 경계가 확장되고 있었다. 아무것도 방영되지 않는 수천만 대의 텔레비전, 고철 덩이로 변한 수백만 대의 자동차, 입어주는 사람 없는 수만 벌의 화려한 옷들, 백화점이면 널려 있는 온갖 보석류들, 나는 소리와 동작을 일시에 잃어버린 왕국을 헤매는 고독한 지배자였다.

*

　허둥지둥 보냈던 첫 몇 달은 고민할 겨를조차 없이 흘러갔다. 머리카락과 수염이 무성하게 자라고 있었지만 이를 느끼지도 못했다. 그다음 몇 달은 거울을 끼고 무의미한 깔끔을 떨었다. 멋으로 턱수염을 길러 보았다. 머리에도 스프레이를 뿌려 반짝이는 윤을 냈다. 어떤 날에는 공연히 울적해져서 머리카락과 수염을 박박 밀었다. 면도하다 생긴 상처에서 흐르는 피로 아마존의 원시부족처럼 뺨에 붉은 줄무늬를 그려보았다. 나를 바라보는 시선이 없다는 사실은 나를 커다란 공허 속으로 몰아넣었다. 살아오면서 나는 항상 누구에겐가 보이기 위해서 존재하고 행동하였던 것이다.

　생각해보면 나는 거짓 실존주의자였다. 인간은 그 누구나 혼자일 따름이라고 학생들에게 강의하였지만 실상 그럴 듯한 지껄임에 불과했을 뿐, 나는 항상 타인의 시선을 의식했다. 이를테면 그녀……. 나를 항상 머뭇거리게 만들고, 내 내면 고백을 주저하게 했던 아름답고 쌀쌀맞은 그녀. 그녀 또한 가혹한 운명을 피하지 못해 말라비틀어진 시체가 되었지만, 나는 늘 그녀를 의식했다. 그리고 학생들, 내 부족한 식견이나마 경탄하며 들어주었던 학생들 또한 중요했다. 비교와 질시의 감정을 느끼게 했던 대학 교수들, 그분처럼 소중한 사상을 잉태하고 싶었으나 항상 나의 사고력 부족을 절감하게 했던 키르케고르, 존경하고 따랐던 은사들, 낮추어 볼 수밖에 없던 경쟁자들……. 그 모든 이들이 있을 때 비로소 내 존재는 의미를 획득했다.

경탄할 만한 천재 음악가도 없고, 애처로운 지적장애아도 없으며, 욕망을 불러일으킬 아름다운 여인도 없을 때, 무엇을 느껴야 하는가? 은행 창구에서 수백 묶음의 지폐를 쓸어 담아도 우쭐해지지 않으며, 나라 전체에서 소문이 자자했던 미녀 배우 L의 몸뚱이를 끌어안아도 만족감은 없다. 대부호와 한 침대에 눕더라도 권세를 느끼지 못하며, 거지의 시체에 동전을 쥐여 주더라도 위안을 얻지 못하리라. 나를 사랑하는 사람, 나를 이해하는 사람, 나를 흠모하는 사람, 나를 질시하는 사람, 그 누구도 없는 상황에서 혼자 누리는 부는 과연 어떤 의미란 말인가? 나는 단 한 명의 신하도 거느리지 않은 텅 빈 궁궐의 진시황제일까? 이브도 없고 사슴도 뛰놀지 않는 에덴동산의 아담일까?

첫해 내내 나는 다른 사람을 찾으려는 무상한 노력을 하느라 시간을 보냈다. 둘째 해는 내가 왜 이런 비극에 빠졌는지 그 이유를 찾느라 시간을 보냈다. 책들은 주변에 널려 있었다. 프로메테우스. 로빈슨 크루소……. 암벽에 묶인 프로메테우스에게는 햇불을 가져다줄 인류가 있었다. 무인도의 로빈슨 크루소는 언젠가는 복귀할지도 모르는 문명세계가 대양 저편에서 기다리고 있었다. 모든 좀비 영화의 주인공들은 살아 있는 시체들을 뒤로하고 새로운 세계를 찾아 떠난다. 그 어떤 영화나 책의 주인공도 완전히 홀로인 사람은 없었다. 나와 유사한 상황에 놓인 주인공들을 통해서 내 자신을 이해해보려던 시도는 무위로 돌아갔으며, 더욱 극심한 고독 속으로 나를 몰고 갔다.

세 번째 해의 어느 날이었다. 문득 나의 상황과 유사한 성경의 한 구절이 떠올랐다. 「창세기」에 노아와 그 식구들이 탔던 방주 이야기가 나온다. 하느님은 인류의 부덕을 견디지 못해 마침내 인류를 대청소하기로 결심한다. 신앙심이 충실했던 노아에게 그런 무서운 뜻이 전달되고, 노아는 산으로 올라가서 방주를 만든 후 약속의 시간을 조용히 기다린다. 해석 불가능한 현상에 의해 인류가 전멸한 상황에서, 나는 노아와 마찬가지로 무언의 절대자와 고독하게 맞서 있었다. 노아의 신은 노아더러 방주를 만들라고 지시했지만, 나의 신은 무서운 침묵으로 자신을 드러내고 있었다. 이 같은 잔인한 현시에 어떤 의미가 내재되어 있는 것일까? 왜 이렇게 처절하게 파괴적인 모습으로 신은 자기 자신을 드러내는 것일까? 노아에게 들려주었던 엄혹하지만 부드러운 목소리를 내게는 들려줄 수 없을까?

*

넷째 해에는 홀로 남겨지기 전, 서른아홉 해의 일 분 일 초를 회상하며 시간을 보냈다. P시에서 태어나서, 대학에서 철학을 가르치던 아버지와 함께 보냈던 날들이 생각났다. 아버지는 나를 대학의 도서관에 데려가곤 했다. 그곳이 지성의 집결지라는 것이었다. 누구에게는 야자수가 늘어선 해변과 하얀 파도가 부서지는 백사장이 천국으로 여겨질지 모른다. 다른 누구에게는 대리석 기둥과 멋진 조각상이 늘어선 고대의 사원이 천국으로 여겨지리라. 나에게는 책들이 빼곡하게 늘어선 도서관이 바로 천국이었다. 나는 그곳에서 실존주의에 빠져들었고, 『생의 비극적 감정』이나 『죽음에 이르는 병』 같은 책을 탐독하며 성장했다. 그런 정황은 군사정권이 위기를 맞이하고, 혁명군이 산악지대에 근거지를 마련할 때에도 변하지 않았다. 도서관은 세상의 온갖 변화나 풍파로부터 나를 지켜줄 성채였던 것이다.

상황이 급변하여 밤이면 혁명군이 시가지로 내려왔다. 낮에는 정부군이 시가지를 수복했다. 그런 어수선한 상황에서 오직 실존철학만이 내 무한한 자유의 원천이었다. 어느 날에는 유령사령관이라는 자가 이끄는 혁명부대가 P시를 점령했다. P시는 하루아침에 해방구로 바뀌어 시가지 곳곳에 빨간 깃발이 나부꼈다. 나를 포함한 청년 오륙십 명은 초등학교 운동장에 모여야 했다. 그곳에서 새벽부터 사상교육이 이어졌다. 교육의 책임자들이 나와서 왜 이 나라에 혁명이 필연적인지를 설명했지만, 나는 그 내용을 좀체 이해할 수 없었다.

오후에는 나무 작대기를 들고 제식훈련이라는 이름의 군사훈련을 실시했다. 나는 항상 낙제생이었다. 이유를 알 수 없는 고독과 비애, 삶의 무의미함 같은 감정이 나를 사로잡고 있었기 때문이다. 몸은 군사훈련을 거부했으며 귀에 들러붙는 소리는 없었다. 그 언젠가는 정부군의 탈환 작전이 시 외곽으로부터 전개되고 있다는 소문이 나돌았다. 혁명군이 철수 준비를 했다. 우리는 '자원병'이라는 이름으로 각자 짐을 싸서 혁명군과 함께 떠나게 되었다.

식구들이 우리를 눈물로 배웅했다. P시를 떠나 밤낮을

걸은 끝에 거대한 호수에 이르렀다. 그곳부터는 눈가리개를 하고 어디로 가는지 모르는 채 배를 타야 했다. 우리가 도착한 곳은 험준한 산맥 한가운데 위치한 산중 마을이었다. 개가 짖고 아이들이 뛰놀며 부락에서는 밥 짓는 연기가 피어오르는 그런 곳이었다. 우리에게 진짜 총이 지급되었다. 나는 참호를 지키는 역할을 맡게 되었지만, 이 모든 정황이 내 의지와 무관하게 진행되었기에 마음의 비애가 한층 깊어졌다.

하루는 어딘가로 불리어 갔다. 그 길은 미로처럼 구불구불했고, 눈에 띠지 않는 함정 여럿을 비켜 갔으며, 눈속임으로 꾸며진 창살을 통과하는 까다로운 험로였다. 자그마한 촛불이 실내를 비추는 고즈넉한 막사가 나타났다. 나는 그곳에서 어느 사내와 조우하게 되었는데 그가 바로 유령 사령관이었다. 그는 신출귀몰하다는 풍문이나 귀기 어린 칭호에도 불구하고, 나보다 불과 서너 살 위로 보이는 얌전한 젊은이였다. 그는 내가 소지품으로 가지고 갔다가 압수당했던 『불안의 개념』을 읽고 있었다. 어쩌면 그가 흥미롭게 여겼던 것은 내가 차분하게 그어놓은 밑줄과 여백에 빽빽이 적어놓았던 상념일지 모른다.

인간이 인간답게 되기 위해 진정 고뇌가 필요하다고 믿

는가? 이게 그가 책을 내려놓으며 내게 던진 첫마디였다. 그의 눈빛은 우수에 젖었으며 삶의 비애 같은 것이 느껴졌다. 나는 혼신의 힘을 다하여 그렇게 믿는다고 했다. 붓다나 스피노자는 고뇌나 고통을 인간이 소멸시켜야 할 부정적인 감정으로 보았지만, 키르케고르는 이들과는 다른 관점에서 고뇌를 바라보았던 것 같다고 했다. 비애나 고뇌가 없다면 인간이 아닌 것이다, 삶의 진상을 목격할 때 인간은 자연스레 고뇌에 사로잡히며, 이를 통해 인간은 더 높은 차원으로 고양되는 것 같다고 했다.

우리의 대화는 희뿌연 안개가 피어오르는 새벽녘까지 이어졌다. 『불안의 개념』이 맺어준 나와 사령관의 인연은 불과 하룻밤에 불과했지만, 그 어떤 체험보다 강렬했다. 내가 천성적인 우울증으로 키르케고르와 일체감을 느꼈다면, 사령관은 자신이 손수 거두어야 했던 사람들의 생명으로부터 삶의 비애를 받아들이게 된 것이다. 나는 내 이야기를 들을 때 긴장하던 그의 섬세한 이마와, 자신의 이야기를 꺼내기 전 가느다란 손가락으로 어루만지던 그의 창백한 뺨과, 생각에 침잠할 때면 한없이 슬퍼 보이던 그의 엷은 회색 눈동자를 또렷이 기억한다. 그것이 그와의 첫 만남이자 마지막 만남이었음에도, 나는 그에게서 완벽하게 소통되는 영혼을 느꼈다.

어쩌면 그것이 화근이었는지 모른다. 산속의 생활에서 뜻밖의 위안을 찾은 것이다. 나는 사령관과 다시 만날 날을 기다리며 그에게서 받아온 책을 읽고 다시 읽었다. 나는 좋은 독서가였는지는 모르지만 혁명군으로서는 형편없었다. 하루는 수색을 나갔다가 대열에서 낙오되고 만 것이다. 돌아가는 길을 아예 잃어버려 산중을 헤맨 끝에 정부군에게 붙들렸다.

만약 사령관과의 만남이 아니었더라면 나는 정부군의 체포를 기꺼이 받아들였을지 모른다. 나는 어정쩡한 입장이었다. 아니, 어떤 일이 있더라도 사령관에 대해서는 일절 발설하고 싶지 않았다. 나는 산에 강제로 끌려갔던 내력이며, 그곳에서 늘 도망칠 기회만 엿보았음을 해명했다. 상대는 사무적인 표정으로 조서를 써 내려가는 듯 보였다. 그런데 그것이 나를 안심시키려는 술수인지는 미처 몰랐다.

심리전에 능한 수사관은 곧 내가 쳐놓은 내면의 방어선을 포착해냈다. 부드러운 회유와 거친 압박이 이어졌다. 나는 내가 아는 모든 것은 털어놓았다며 영문을 모르는 체했다. 수사관은 담배를 문 채 나를 말없이 노려보았다. 안 되겠네, 하더니 그가 담뱃불을 비벼 끄고선 자리에서 일어났다. 수사관이 사라지자 거구의 사내가 고무호스를 들고 나타났다. 불과 몇 차례의 구타 끝에 죽을 것 같은 고통이 내혼을 쥐어흔들었다. 제발, 제발, 다 말씀드릴게요……. 나는 헉헉 흐느끼며 구타자의 군홧발에 입술을 맞추었다.

복잡하게 얽힌 비밀 아지트로 가는 길을 그려주었다. 베일에 가려졌던 유령사령관의 외모도 설명해주었다. 그런 뒤에 쇠창살 속에서의 나날이 이어졌다. 보름쯤 시간이 흐른 뒤였다. 우두머리를 사냥했다는 왁자지껄한 소리가 쇠창살 바깥에서 들렸다. 몸이 딱딱하게 굳는 느낌이었다. 그런 일이 벌어지지 않기를 바랐지만 벌어지고 만 것이다. 내가 느낀 것은 삶의 비극적 감정이었다.

온갖 회한이 들끓던 순간 쇠창살이 열렸다. 나는 군인들에게 이끌려 방금 막사 사이를 뚫고 들어온 자그마한 군용 트럭과 마주하게 되었다. 트럭 뒤편으로부터 무언가가 내려지는 것을 보았다. 나는 눈을 감고 말았다. 나를 후려쳤던 고무호스가 떠오르며 몸이 움츠려들었다. 그 순간 죽을 것 같았다고 누군가에게 하소연하고 싶었지만, 그건 아무런 소용도 없었다. 천상의 시간이 흐르던 그 밤 영혼의 하나 됨을 느꼈던 소중한 이를 불과 몇 차례의 매질에 넘겨버린 나는 너무나도 보잘것없는 존재였다. 내 자신이 희미해져서 먼지로 사라지는 느낌이었다.

누군가가 개머리판으로 내 턱을 치켜세워 깜짝 놀랐다. 진흙 바닥에 늘어진 핏빛 사체가 시야에 들어왔다. 그 순간 불현듯 나는 존재하지 않으며, 세상에 존재하는 것은 오직 어지러운 인상일 뿐이라는 생각이 스쳤다(나는 나중에야 그것이 어느 회의주의자의 구절이라는 것을 깨달았다). 내가 바라보는 사체 또한 실재하는 것은 아니다. 심지어는 그것을 자각하거나 느끼는 내 자신도 실재하지 않는다. 존재하는 모든 것은 오직 현란하게 이어지는 이미지일 뿐, 나는 내 자신의 상상 속으로 침잠하고 있었다.

똑똑히 보라는 고함 소리가 들렸다. 유령 그 개새끼 맞느냐는 욕설도 잇따라 들렸다. '기억'이라는 이름의 '관념'은 지각되는 '인상'보다 흐릿한 것이라던 회의주의자의 이야기는 진실이었다. 어렴풋한 기억을 되살리자 사령관의 이미지가 떠올랐고, 군인의 발치에 쓰러진 사체의 인상과 일치한다는 느낌이 일었다. 그럼에도 이 사체의 형상은 실체가 아니다, 이를 바라보는 내 자신도 실체가 아니다, 느껴지는 모든 것은 죄다 이미지일 뿐, 이들 이미지 사이에 그 어떤 인과관계도 없다……, 라는 되새김이 내 슬픔을 위로해주고 있었다. 그날 저녁 나에게 주어진 죽 그릇에는 고깃덩이가 섞여 있었다.

*

　나는 이제야 이해할 것 같았다. 이해한다는 것은 사건의 인과를 파악해낸다는 뜻이다. 나는 이십 년이 지체된 채 회의주의자의 세상에로 내던져진 것이다. 나는 살아 있는 인간이라곤 그 누구도 없는 이 세상의 사회적 인과를 끊임없이 추적했으나 무위였다. 이 세상의 자연적인 인과도 마찬가지의 끈기로 추적했으나 역시 무위였다. 그것은 바로 회의주의자의 어구처럼 오늘 해가 떠오른다고 해서, 내일 해가 떠오르리라고 믿는 것이 허망한 것과 마찬가지라는 이치에서. 회의주의자의 세상에서 인간 사회의 인과가 통하지 않듯, 자연 세계의 인과 또한 통용되지 않으리라. 언젠가 초저녁 무렵 서편으로 저물던 해가 갑자기 움직임을 멈출지 모른다. 해는 한 자리에 고정되어 더 이상 저물려 하지 않고, 바람조차 불지 않는 하늘에는 불그스레한 구름이 한 자리에 정지된 채 나를 비웃을지 모른다. 충격에 사로잡힌 나는 하늘과 구름과 해가 잘 보이는 강변으로 달려가 보지만, 강가에 이르렀을 때 강물이 하류로부터 상류로 기어오르는 것을 보고 기겁할지 모른다. 그토록 그 어떤 자연법칙과도 무관한 세상이 바로 회의주의자의 세상인 것이다.

나는 내 자신을 이 기괴한 세계로 이끌었던 그 사건을 돌이켜보았다. 실상 그 뼈저린 순간을 떠올리는 것 자체를 기피하며 살아왔지만, 마침내 그 일을 생생하게 되살린 것이다. 유령사령관이 사살되었다는 소식이 들려왔던 순간 나는 스스로가 자아가 없는 그 무엇이기를 바랐다. 진흙과 핏자국으로 얼룩진 사체를 마주했던 순간, 그것은 사체가 아니라 사체의 이미지라고 믿었다. 군인들의 농지거리가 나를 에워쌌을 때, 그들이 군인이 아니라 말라비틀어진 수수깡이기를 간절히 바랐다. 그래서 그 바람이 이루어진 것이 지금 눈앞의 세상이다. 나는 영혼의 벗을 팔아넘겼다고 생각했지만, 내가 팔아넘긴 것은 바로 세상 자체였다. 그럼에도 그 당시 내가 품었던 간절함과 비슷한 뜨거움을 간직하고, 자연적 인과와 사회적 인과가 되살려지며, 내가 나이고 타자가 타자이기를 바란다면, 다시 세상이 복원되지 않을까 하는 염원이 인 것은 당연한 이치였다.

나는 미칠 것 같은 열정으로 도서관을 뒤지기 시작했다. 대학 도서관의 131번 서가에서 세상의 실재성을 설파하는 책을 찾아냈다. 그 책에 따르면 세상은 개인의 바람이나 희망, 인식과는 무관하게 존재한다. 너무나도 당연한 이치지만 세상은 자연법칙과 사회에서 통용되는 질서에 의해 움직인다. 조금도 새로운 진리라 할 것 없는 그 책을 안고 나는 백화점으로 돌아와서, 이십여 년 전처럼 강렬한 희망을 품고 책을 낭송하기 시작했다. 일 년, 이 년, 삼 년…… 꽤나 긴 세월이 경과한 오늘날에도 책을 읽는 내 음성은 절박하기만 하다. 어쩌면 아무런 인과도 찾을 수 없는 혼자만의 세계에서, 그 어떤 인과가 통용되기를 바란다는 것 자체가 덧없는 일일지 모른다. 하나 이 괴상한 세계가 나의 청년 시절의 간절했던 바람 뒤에 이십 년 지체되어 갑자기 들이닥쳤듯, 언제, 어떻게, 사람들이 살아 숨 쉬는 따스한 세상이 주어질지, 누가 알랴. 그래서 오늘도 실재의 세계가 살려지기를 빌며, 텅 빈 백화점에서 쩌렁쩌렁 울리는 목소리로 책을 낭송하고 있다.

예언에 갇힌 사람

1.

    그날 인주는 자택의 거실에서 손님을 기다리고 있었다. 그 손님은 한 번도 만나본 적 없는 낯선 인물이었는데, 동료로부터 '예언자'라고 소개를 받았다. 인주는 운세나 예언 같은 것에 관심을 가져본 일이 없었다. 순전히 장난으로라도 그런 것을 보아본 적도 없었다. 그는 점을 쳐서 먹고사는 일이란 사람의 허약한 정신에 편승하는 속임수에 불과하다고 믿었기에, 예언자를 기다리는 그의 마음에 별다른 기대는 없었으며, 차라리 조금 불편한 심정이었다고나 해야 할 것 같았다. 다만 그의 직장 동료가 꼭 만나보라고 당부했기에 그 부탁을 거절할 수가 없었다.

그 사람을 소개한 동료는 대학에서 같이 수학을 가르치는 교수 밥이었다. 밥의 설명에 따르면, 밥 자신이 예언자를 처음 만난 것은 지난 토요일이었다고 한다. 자신의 집에서 열린 모차르트 동호회 회원과의 정례 모임에 낯선 인물이 끼여 있었다. 그 사람은 다른 동료가 데려온 손님으로 '예언자'라는 별칭으로 불렸다. 밥은 그 손님에게 별다른 신경을 기울이지 못했는데, 밥 자신이 점이나 운세 따위를 믿지 않아서였기도 했지만, 모임의 주관자로서 그날의 프로그램 진행에 온 신경을 써야 했기 때문이었다. 그런데 그 자리에 모인 손님들이 그에게 관심을 보이기 시작했다. 예언자는 손님 한 사람 한 사람의 관상을 보아주었고, 그의 말은 놀랍도록 잘 맞아떨어졌다.

예언자는 밥의 관상도 보았다. 밥은 그 당시의 일을 회상하며, 예언자가 무슨 사기나 속임수를 쓰는 것 같지는 않았다고 했다. 밥은 인주에게 자신도 수학자 아니냐고 강조했다. 예언자가 자신의 과거를 헤아리는 동안 그는 머릿속으로 여러 확률을 계산해보았고, 그 사람에게는 분명 불가사의한 능력이 있는 것 같았다고 했다. 그런데 뜻밖에도, 예언자가 관심을 기울인 것은 밥의 거실에 걸린 사진이었다. 그것은 커다란 농어를 낚은 뒤에 찍은 일종의 기념사진이었는데, 그 사진에는 구십 센티미터 길이의 농어를 사이에 두고 밥과 인주가 나란히 서 있었다.

예언자가 주목한 것은 바로 사진 속의 인주였다. 그는 인주의 얼굴을 뚫어져라 바라보았다고 한다. 그는 이렇게 흥미로운 인물은 처음 본다고 했다. 예언자는 이 특별한 사람의 운세를 점쳐보고 싶다며, 이 사람을 소개시켜줄 수 있겠느냐고 부탁했다. 자신의 예언이 이 사진 속의 인물에게는 어쩌면 적지 않은 도움이 될지 모른다며, 자신은 단돈 한 푼 받지 않고 이 사람의 앞날을 점쳐주겠다고 했다. 예언자의 요청은 간절함을 넘어 절박하게 느껴질 정도였기에, 결국 밥은 인주에게 그를 만나줄 것을 부탁하기에 이르렀다.

초인종이 울린 것은 정확하게 네 시였다. 인주가 문을 열자 문 바깥에는 키가 작고 머리가 벗어진 중년 남자가 서 있었다. 인주보다는 스무 살쯤 손위로 보이는 그 남자는 품위가 느껴지는 미소를 띤 채 자신의 이름을 밝혔다. 인주가 손을 내밀자, 사내는 그 손을 잡으며 자신을 초대해준 것을 감사드린다고 했다. 아울러 자신은 이름보다는 '예언자'라는 별명으로 불린다고 덧붙였다. 인주는 상대가 특별히 고고한 척하지 않는 평범한 외양에 상식적인 예의를 지키는 인물 같아 안도했다.

인주는 꾸민 미소를 지으며 그에게 들어오라고 했다. 밥의 상세했던 소개에도 불구하고, 인주는 이 사람에게는 삼십 분 이상의 시간을 내어주고 싶지 않았다. 낯선 인물과의 만남이란 피곤하고 부담스러웠으며, 관상이나 운세는 어쩌다 재미로 해볼 성싶은 일이지, 깊은 관심을 쏟을 일은 아니라고 믿었기 때문이다. 인주는 소파와 식탁 테이블 가운데 어디가 더 편하겠느냐고 물었다. 예언자는 식탁 테이블이 더 낫겠다고 대답했다. 인주가 커피나 차를 마시겠냐고 하자, 상대는 마시지 않겠다고 대답했다. 예언자는 자신의 첫 느낌에, 인주가 시간관념이 엄격할 것 같아서, 자신에게는 그다지 많은 시간을 내어줄 것처럼 보이지 않는다고 넌지시 말했다. 뭐라고요? 예언의 시작입니까? 하며 인주는 웃어넘겼지만, 내심 그게 그냥 던진 말일지, 아니면 무언가를 알고 하는 말일지를 살폈다.

예언자는 거실 테이블에 앉자마자 간단한 자기소개를 했다. 예언자는 젊은 시절 중세 유럽에서 전승되어온 별자리와 타로 점을 배웠다고 했다. 나중에는 관상과 사주에 빠져 중국에 가서 연구를 지속했으며, 이후 인성 분석을 공부하느라 모로코까지 갔었다고 했다. 예언자는 혹시 이런 다양한 점들 가운데 한 번이라도 흥미를 느꼈거나, 장난으로라도 해본 것이 있느냐고 물었다. 인주는 미소를 띤 채 고개를 가로저어 그렇지 않다고 했다. 예언자는 그러리라 알고 있었다며 빙그레 웃었다. 하나, 그 과정에서 깨달은 바가 있습니다. 그것은 바로 인간에 대한 통찰이었지요, 하고 예언자가 덧붙였다.

인주가 조금은 무표정한 얼굴로 앉아 있자, 그는 제가 선생님의 귀한 시간을 함부로 빼앗고 싶지는 않습니다. 본론으로 들어갈까요? 라고 말했다. 예언자는 테이블 위에 동그란 받침을 꺼내놓았다. 그 위에 양초처럼 생긴 것을 올려놓으며, 이건 중국의 향입니다. 정신집중에 도움을 주지요. 냄새가 싫으시다면, 이걸 끈 뒤에 유리창을 열면 냄새가 빠져나갈 겁니다, 라며 그는 향의 심지에 불을 붙였다. 잠시 뒤 인주의 섬세한 코에 매캐한 냄새가 느껴지기 시작했다.

시간의 흐름에 따를 겁니다. 과거에서 시작해서 현재로 나아가는 방식입니다. 한 가지를 말씀드리자면, 저는 그 누구로부터도 선생님에 대한 소개를 들은 적이 없습니다. 대학에서 수학을 가르친다는 사실만 알고 있을 뿐이죠. 그 이외의 이야기는 순전히 제가 선생님의 얼굴을 보고 추측한 것입니다. 혹시 조금이라도 엇나간다면 알려주시면 고맙겠습니다. 인주는 알겠다는 듯 고개를 끄덕였다. 우선 손을 좀 보여주실 수 있나요? 예언자가 웃으며 부탁했다. 인주가 자신의 손을 내밀었다. 예언자는 인주의 손바닥을 펴더니, 호주머니에서 외알 안경을 꺼내 눈에 끼고는, 마치 문헌학자가 고서를 들여다보듯 찬찬히 손금을 살폈다.

잠시 뒤 예언자가 말했다. 됐습니다. 고맙습니다. 그러고는 외알 안경을 빼서 옷에 넣었다. 선생님은 어린 시절부터 아주 따뜻한 마음을 가졌군요. 거리를 헤매는 절름발이 강아지가 불쌍해서 집에 데려와서 치료해주고 돌보아줄 정도였으니까요. 예언자가 그렇지 않느냐는 눈빛으로 인주를 바라보았다. 특히 가난한 사람에 대한 애정이 깊었던 것 같습니다. 선생님은 미국 출신은 아니시죠? 고국이 따로 있죠? 예언자의 질문에 인주가 그렇다며 미소를 지었다.

예언자는 호주머니에서 손수건을 꺼내 자신의 입 주위를 매만졌다. 선생님의 나라에는 가난한 사람이 적지 않았던 것 같습니다. 학급에도 가난한 친구가 더러 있었고요⋯⋯. 이런 아이들 때문에 가슴 아파했던 것 같습니다. 점심을 굶는 친구에게는 자신의 점심을 같이 먹자고도 했지요? 예언자가 미소를 지었는데, 그 미소는 너그러운 노인이 착한 아이의 선행을 바라볼 때 지을 법한 부드러운 표정이었다. 그러니까 그것은 선생님의 타고난 천성 같습니다.

인주는 예언의 구체성에 적지 않게 놀랐다. 영화나 소설 같은 곳에서 과거를 맞추는 장면을 더러 보았지만, 이렇게 구체적이지는 않았던 것 같았다. 그뿐 아니라 예언자가 묘사한 정황이 자신의 어린 시절과 꽤나 비슷했기에 당황스러웠다. 그럼에도 인주는 운세를 본다는 일의 혐오감을 떨치기 힘들었으며, 이런 일에 동참하는 것 자체가 싫었기에, 어떻게든 이 일을 빨리 끝내고 혼자 있고 싶었다.

2.

선생님은 합리적인 성품이었어요, 예언자는 인주의 거부감에는 아랑곳하지 않고 부드러운 미소를 띤 채 이어나갔다. 물론 제가 선생님이 대학에서 수학을 가르치고 있다고 해서 그런 추정을 하는 것은 아닙니다. 그것과는 전혀 다른 의미에서, 그러니까 아주 추상적이고 거시적인 의미에서 합리적이라고 말하는 겁니다.

예언자는 손을 관자놀이에 댄 채 잠시 생각에 잠기는 것 같았다. 어린 시절부터 궁금한 것이 참 많았어요. 선생님이 태어났던 나라에는 여러 불가사의한 일들이 많았거든요. 빈부격차도 심했거니와, 사회에 만연한 폭력이며 극심한 분규. 예언자는 관자놀이에서 손을 떼며 이어나갔다. 그래서 책을 열심히 읽었죠. 불평등이나 사회폭력의 원인을 알고 이해하고 싶었거든요. 그런 문제를 이해하고 해결하는 것이 사춘기 시절부터 선생님의 핵심 과제 같았다고나 할까요……. 제가 지금 엉뚱한 길로 샌 것은 아니겠지요? 예언자가 인주에게 물었다. 인주는 의례적인 미소로 응답했다.

다른 한편에서는 몹시 고결했던 것 같습니다. 그래요. 선생님의 젊은 시절을 특징지을 세 단어를 고르자면, 첫째 따스함, 둘째 합리적임, 셋째 고결함, 이 세 단어일 것 같습니다. 그런데 고결함이란! 예언자가 허공을 바라보며 찬탄하는 표정을 지었다. 참으로 놀랍지 않습니까! 자존감이 드높은 사람이 대개는 고결하거든요. 이를테면…… 선생님에게 호감을 품은 소녀가 몇몇 있었어요. 그런데 결코 허투루 대하지 않았습니다. 최상의 존중으로 대해주었지요. 상대가 마음의 상처를 입거나, 그 어떤 과도한 기대를 품지 않도록 배려한 겁니다, 하며 인주를 바라보는 예언자의 얼굴에 부드러운 미소가 흘렀다.

그런 행동은 말입니다. 스스로가 세워놓은 도덕 기준이 꽤나 높을 때 그러는 것 아닐까요? 그 누가 선생님을 험담한다 할지라도 콧방귀도 뀌지 않을 성미. 그러니까……, 예언자는 잠시 적절한 사례를 찾는 듯 손가락으로 테이블을 매만졌다. 선생님은 자신이 최상의 삶을 살고 있다고 믿었으니까요. 혹여 누군가가 선생님이 간직한 가치관이나 삶의 태도를 놓고 왈가왈부하려 든다면, 언제든지 맞서서 언쟁을 벌일 정도로 자신감으로 충만한 젊은이였지요. 그런데 그토록 자기 확신이 강한 사람이 과연 얼마나 될까요? ……그리 많지는 않을 겁니다.

예언자가 입을 다물더니 맞지 않느냐는 눈빛으로 인주를 바라보았다. 인주는 고개를 끄덕였으나, 그가 짓는 미소는 조금은 어색하고 부자연스러웠다. 인주는 예언자의 이야기가 때로는 가슴을 찌를 정도로 구체적이기도 했지만, 때로는 보통의 점쟁이들이 떠들어대곤 하는 애매모호한 범주를 넘어서지 않는다고 판단했다. 시간은 계속 흐르고 있었다. 벽에 걸린 시계를 보니 벌써 십오 분이 지났다. 이제 십 분만 더 듣고 그만두자는 각오가 섰다. 데려와야 할 사람이 있다고 변명하고 그만 끝내달라고 하자.

수피교도들은 인간을 크게 세 부류로 분류하지요. 개인
본능, 사회본능, 관계본능. 예언자는 차분한 눈빛으로 인
주를 응시한 채 이어나갔다. 그 관점에 따르자면 선생님
은 '관계본능'에 속합니다. 분명 바깥사람에게도 따뜻하지
만, 선생님의 가까운 식구나 친지에게 더 깊은 애정을 쏟
는 편입니다. 그 가운데에도 가장 가까운 사람은…… 어머
니……? 어떻습니까? 어머니에게는 특별한 애정을 쏟고
있지 않나요? 하며 예언자가 부드럽게 웃었다. 인주는 한
쪽 입술 끝을 끌어 올린 인위적인 미소로 응답한 채 예언
자를 응시했다.

선생님의 어머니에 대한 애정은 그 어떤 다정한 연인에
게보다 훨씬 극진했던 것 같네요. 그런데 어머니가 몸이 약
한 분이었어요. 제 눈에 누워 계신 모습이 어른거리거든요,
예언자가 마치 앓아누운 어머니의 모습이 보이는 듯 눈을
게슴츠레 뜨면서 말했다. 선생님은 어머니의 건강 때문에
몹시 가슴앓이를 해야 했던 거 같아요. 예언자의 이야기에
인주는 여전히 미소를 짓고 있었지만, 갑작스런 긴장으로
표정이 부자연스러워졌다. 지금 인주의 어머니는 요양원

에 누워 있었다. 마음 같아서야 어머니를 모셔 오고 싶었지만, 도저히 그럴 형편이 안 되었기에 가슴이 아렸다. 그런데 이 사람은 어떻게 이런 구체적인 정황을 맞출 수 있나? 정말 손금과 관상만으로 이런 세세한 사실을 알아낸단 말인가?

예언자는 빙긋한 웃음을 머금더니 곧 캐묻는 눈빛으로 바뀌었다. 한 사람이 더 있지 않나요? 선생님이 따뜻한 애정으로 보살펴준 사람이……? 혹시 아주 다정한 관계인 형제나 자매가 있지 않나요? 예언자가 물었다. 남동생이 있습니다, 인주는 간결하게 대답했다. 그렇지요? 삶의 태도도 비슷하고, 취향도 비슷해서 모든 면에서 잘 통하는 동생 맞지요? 그런데 조금 섬세하고 유약하지 않습니까? 예언자가 갑자기 표정을 바꾸어 안타까워하는 눈빛으로 물어 왔다. 그러니까…… 제 이야기는, 선생님이 보살펴주어야 하는 동생 아닌가, 하는 느낌인데? 그 순간 인주는 갑자기 불안해졌다. 지금 자신의 눈앞에서 진행되는 일들이 놀랄 만큼 정확했으며, 그런 정확성에는 자신이 사전에 예측하지 못했던 무언가가 있는 것 같다는 의심이 스쳤기 때문이다. 자신 앞에 앉아 있는 사람이 예언을 직업으로 삼는 사람이 아니라, 타인의 약점이나 허점을 캐가지고 무슨 협박을 일삼는 사람은 아닐까, 하는 의심이 인 것이다.

선생님, 이 모든 예측은 선생님의 얼굴과 손금에 쓰여 있는 것들입니다, 예언자가 마치 인주의 불안을 알아챈 듯 정색을 하며 이야기했다. 물론 밥 교수의 거실에 걸린 사진 이 시작이었지요. 무수한 상상을 하게 하는 얼굴이었거든 요……. 그 사진 속의 얼굴을 보는 순간, 이것은 제 일생에 한두 번 있을까 말까 한 도전이라는 사실을 직감했습니다, 예언자는 호주머니에서 손수건을 다시 꺼내 입술 주변을 가다듬으며 말했다. 그 이후에도 저 혼자 여러 상상을 해 보았어요. 그런데 이렇게 만나뵈니, 제 예감이 맞았다는 확 신이 듭니다.

3.

예언자가 입을 다물자 잠시 분위기가 어색해졌다. 실내 에는 적막감이 감돌았고, 예언자는 조금 지쳐 보였다. 예언 자는 주로 혼자 떠들어대느라 흐트러진 자신의 머리를 가 다듬었다. ……좋습니다. 이제는 현재로 돌아오겠습니다. 선생님은 교수시죠? 지금 학교에서의 직위가 어떤 것인지 물어도 될까요? 부교수입니까? 정교수? 조교수입니다. 아직 테뉴어를 받지 못했습니다, 인주가 대답했다. 단도직입적으로 물어보죠. 선생님은 수학을 사랑하지 않죠? 예언자의 표정이 바뀌었다. 그의 얼굴에 감돌던 부드러움은 감쪽같이 사라지고 준엄한 빛이 엿보였다.

인주는 상대의 공격적인 발언에 놀라서 표정이 굳어졌다. 수학은 선생님의 관심사가 아니거든요. 원래 선생님은 세상에서 벌어지는 온갖 고통스런 일에 관심이 깊었거든요. 고국에서 마주쳤던 가난이라든지, 엄청난 빈부 격차, 횡행하는 폭력……. 그런데 어떤 이유에서인지 선생님은 본인이 가장 중요하다고 믿었던 문제로부터 멀어질 수밖에 없었어요. 그리고 지금은 전혀 원하지 않는 일을 하고 있는 겁니다. 도무지 믿어지지 않죠? 어렵사리 공부를 해서 박사학위를 취득할 수 있었고, 몹시 까다로운 과정을 거쳐서 교수가 되었을 텐데……. 예언자가 안타깝다는 듯 고개를 두어 번 흔들었다. 그게 아주 사소한 관심도 없고, 하고 싶지도 않은 분야라니……. 이게 어떻게 된 일인지…….

예언자는 힘이 빠진 듯 어깨를 움츠리고 있다가는 도저히 믿어지지 않는다는 듯 다시 캐물었다. 왜 그러시는 겁니까? 선생님처럼 합리적이고, 스스로에 대한 자신감으로 충만했던 분이, 도대체 왜 그런 이상한 선택을 하신 겁니까?
예언자는 정말 이해할 수 없다는 안타까운 눈빛으로 인주
를 바라보았다. 인주는 태연한 미소를 지으려 애썼으나 얼
굴이 굳어져서 부자연스러운 표정으로 변질되고 말았다.
그 점이 바로 제가 부딪친 수수께끼였습니다. 낚시 사진에
고스란히 드러나 있거든요. 얼마나 하기 싫은 일을 하고
있고, 또 그로 인해 괴로워하는지…….

예언자가 인상을 쓰자 이마에 여러 겹의 주름이 잡혔
다. 그는 주름이 깊어진 이마 아래, 슬픈 느낌이 드는 눈동
자를 크게 떠서 인주를 응시하였다. 선생님은 학교에서는
강의를 하고 있지만 자신의 강의를 조금도 사랑하지 않아
요. 마치 하기 싫은 연극을 억지로 하듯 그냥 떠드는 거죠.
그래서 학생들에게는 아주 소소한 애정조차 느끼지 못하
고 있어요. 때로는 숙제를 내주죠. 때로는 같이 풀기도 하
지만, 그 어떤 애정도 없이, 길거리에 휘날리는 종이쪽지를
바라보듯, 무관심한 눈길로 학생들을 바라볼 뿐입니다. 예
언자는 자신의 이야기가 믿어지지 않는다는 듯 허망한 표
정으로 인주를 살폈다. 그런데 그의 말이 날카로운 비수처
럼 인주의 가슴을 찔렀다. 아팠다. 숨 막히게 아팠다.

다른 교수와의 사이도 마찬가지입니다. 밥 교수건, 총장

이건, 학장이건, 그 누구에게도 그 어떤 애정조차 품어본 적이 없어요. 그러니까…… 선생님은 사막에서 살고 있어요. 혼자 고독하게 지낼 뿐이죠. 인주는 입에 침이 마르고 몸의 근육이 긴장되어왔다. 어떻게 이런 일이 가능하단 말인가? 그토록 오랫동안 지켜온 자신의 비밀을, 불과 일이십 분의 만남만으로 꿰뚫어 보다니……. 인주는 자신의 모습이 낱낱이 밝혀지는 현실이 무서웠으며, 지금 자신 앞에 앉아서 자신을 슬픈 듯이 바라보는 예언자가 인간이라기보다는 중늙은이의 탈을 쓴 악마거나 무슨 괴물처럼 느껴졌다.

목이 마릅니다. 찬물이라도 조금 주실 수 있나요? 예언자가 물었다. 그 말에 인주는 가까스로 정신을 차릴 수 있었다. 자리에서 일어나서 냉장고로 다가갔다. 그것은 고통스런 자리로부터의 도피하는 시간이었다. 냉장고의 문을 열자 찬 기운이 느껴졌고 조금 뒤에 제정신으로 돌아왔다. 인주는 생수를 유리컵에 따라서 가져다주었고, 예언자는 물을 한 모금 마신 뒤, 그럼 계속할까요? 하고 물었다. 인주는 고개를 끄덕여 계속하라는 눈짓을 했다.

괴로운 사실이 조금 더 있습니다. 이것 역시 현재의 이야기죠. 선생님에게는 놀라운 무언가가 숨겨져 있습니다. 부디 제 말을 용서해주시기를……. 섬뜩한 무엇입니다. 예언자가 입술을 지그시 다물며 시무룩한 눈동자로 인주를 쳐다보았다. 두 사람 사이에 무거운 침묵이 흐르고 있었다. 인주의 귀에는 시계의 초침 소리만이 재깍재깍 울릴 뿐이었다.

선생님의 얼굴 뒤편에 다른 얼굴이 겹쳐 보여요. 여자의 얼굴이에요, 예언자가 인주의 눈동자를 신중한 눈길로 바라보며 말했다. 젊고 아름다운 여자로군요. 그 여자는 선생님을 진심으로 아끼고 사랑했던 것 같아요. 그런데 선생님은 그 누구도 이해하기 힘든 이유로, 그 여자를 괴롭혔던 것 같아요. 그 이야기를 듣는 순간 인주의 뇌리에 제니가 떠올랐다. 혹시 제니의 이야기를 누군가에게 했던가? 절대 그럴 리가 없는데? 인주는 침묵을 지킨 채 평온한 미소를 지어 상대의 이야기를 부정하고 싶었다. 그런데 그 일이 몹시 힘들었다. 그의 평온한 체하는 표정은 그 어떤 내면의 긴장과 경직으로 인해 흐트러지고 말았으며, 그의 미소를 꾸민 입술이 미세하게 떨렸다.

이런 말씀을 드리는 저를 용서하길……. 여자가 공포에 떨고 있어요. 무서워서 손으로 눈을 가려요……. 아니 아파해요. 분명 선생님을 사랑하지만 이해하기 힘든 폭력 때문에 아파해요. 예언자가 마치 자신이 아픈 듯 애처로운 표정을 지으며 자신의 가슴에 손을 얹고 살살 쓰다듬었다. 인주는 이 모든 정황이 사실 같지 않았다. 어떻게 이렇게 자세히 그 사연을 알고 있단 말인가? 내가 가한 폭력이 정말 눈에 보인단 말인가? 인주가 그녀에게 가한 것은 폭력이 맞았다. 때로는 욕설을 내뱉고 발길질을 했다. 때로는 가죽 허리띠로 내려치기도 했다. 너무나 순종적이고, 자신을 세상에서 가장 사랑했으며, 극진한 마음으로 따랐던 강아지에게 발길질이라도 하듯 제니를 괴롭혔던 것이다.

그런데 제 눈에는 한 여자만 비치는 것은 아니에요. 여러 여자의 얼굴이 겹쳐 보여요, 예언자가 허공을 응시하며 말했다. 이 여자들은 방금 말한 여자만큼이나 선생님과 깊은 관계는 아니지만…… 그 여자들 하나하나가 어떤 이유에서인지 선생님으로부터 호된 괴롭힘을 당한 것 같아요. 그 이유를 알 수 없어요. 당신은 정말이지 천사 같은 마음의 소유자였지 않습니까. 거리의 절룩거리는 강아지를 껴안고 눈물을 흘렸던 착한 소년이었단 말입니다. 가난하고 불쌍한 이들에게 그토록 따뜻했던 당신이 왜 그런 짓을……? 예언자의 목소리가 고통으로 떨렸다.

그럼에도 선생님이 여자들에게 한 짓은 가학이나 고문이라는 표현 이외에는 적절한 말을 찾을 길이 없을 것 같아서……. 예언자는 이마에 주름이 잔뜩 잡힌 표정으로 눈을 동그랗게 떠서 도무지 믿어지지 않는다는 듯 인주를 바라보았다. 인주의 얼굴에서 미소는 사라졌다. 그의 얼굴은 석고처럼 굳어서 예언자의 캐묻는 시선을 외면하고 있었다. 예언자가 한 이야기는 완벽한 진실이었다. 때로는 가학적인 성행위를 강요한 적도 있었다. 여자들은 괴로워했다. 그럼에도 자신은 상대의 고통을 즐기며, 계속 클럽을 바꿔 이 여자 저 여자 만나고 다녔고, 한 번 만난 여자를 결코 다시 찾지 않았다. 따라서 그 누군가가 자신을 뒷조사하지 않는다면, 이런 비밀은 절대 알려질 리 없다고 믿었다. 차라리 그만할까? 인주는 당혹스러움과 고통 가운데 이마가 일그러졌다. 자신의 끔찍한 비밀을 늘어놓는 이 예언자에게 상상조차 하기 힘든 두려움을 느꼈고, 이 힘겨운 놀이를 그만두고 싶었다. 그럼에도 그 어떤 공포심 가운데에서 끝까지 가보고 싶기도 했다.

4.

그렇다고 선생님이 기괴한 인물이라고 말하기는 힘들 것 같아요. 선생님은 분명 합리적인 분이거든요. 놀랍도록 낙천적인 사람이기도 하고요. 인간에 대한 애정으로 가슴이 뜨거운 분인데…… 그런데…… 도무지 설명이 안 되는 겁니다. 왜 그런 일을……? 예언자는 힘겨워하는 표정이 되어 안주를 응시했다. 인주는 상대의 시선을 맞받지 못한 채 초점을 잃은 눈빛으로 허공을 향했기에 실내에는 무거운 침묵이 감돌았다.

실례지만 손금을 한 번 더 보아도 될까요? 예언자가 침묵을 깨뜨렸다. 이번에는 왼손을 보아야 합니다, 예언자는 몹시 어려운 부탁이라도 하듯 서글프면서도 신중한 눈빛으로 물었다. 인주는 혼자만의 공포에 사로잡혀 엉뚱한 생각을 하고 있었기에, 상대가 무슨 말을 하는지 알아듣지 못했다. 관상하고 손금을 같이 보아야 더 정확한 예측을 할 수 있거든요. 제발 왼손을……, 하고 예언자가 다시 사정했다.

그제야 인주는 상대의 요구를 알아차렸다. 아, 예, 하며 인주는 자신의 왼손을 내밀었다. 예언자가 인주가 내민 손을 잡았다. 그러고는 조금 전의 외알 안경을 꺼내 끼고 채 손금을 살폈다. 잠시 뒤였다. 맞습니다. 역시 선생님은 합리적이었어요. 늘 자기주장을 굽히지 않고 자신만만한 선택을 해왔어요, 예언자는 외알 안경을 빼내며 말했다.

물론 반대가 없던 것은 아니었죠. 때로는 극심한 반대에 부딪치기도 했어요. 아마도 선생님의 아버지와……. 그래요, 아버지와 다투기도 했어요. 삶의 방향을 놓고서는…… 거친 다툼이었죠. 하지만 선생님은 절대 스스로를 굽히지 않았어요. 다만…… 딱 한 번……. 오직 한 번. 삶에서 아주 중요한 선택이 있었어요. 그때 선생님은 스스로가 원했던 선택을 내리지 못했던 것 같아요. 그 일이 어떤 성격이었는지는 추측하기 어렵습니다만…… 그 잘못된 선택의 결과, 선생님의 삶이 원래 살고자 했던 궤도로부터 엇나간 것 아닐까 싶은데. 아니, 혹시 저야말로 엇나가진 않았는지……, 하며 예언자는 서글픈 표정으로 인주를 응시하였다. 인주는 몸의 힘이 빠져나가서 그 자리에서 쓰러질 것만 같았다.

*

십이 년 전의 쌀쌀했던 어느 겨울날이었다. 미국에 온

지 채 한 달이 안 되었던 그날, 인주는 고국으로 돌아가는 비행기표를 끊었다. 그것은 인주가 미국에 입국하기 전부터 계획했던 일로, 부모님에게는 비밀이었다. 부모님은 두 아들이 미국에 입국한 사실만으로 너무나 기뻐했다. 사이드도 진정 기뻐하는 것 같았다. 아버지는 인주의 마음에 도사린 미국에 대한 적개심을 알아차렸으나, 일단 미국에 데려다놓았으니 이 땅에서 지내다보면 그 어떤 불만이건 수그러들 것이며, 열심히 살려는 의지가 커지지 않겠느냐고 안도하고 있는 듯했다.

사실 아버지는 인주의 내면에 비밀스런 계획이 있다는 것을 알아채지 못했다. 그것은 인주가 가면을 쓴 채 행동했기 때문이다. 그는 마치 미국에 살기 위해 온 것처럼 꾸몄으나, 실은 동생을 데려와서 부모님 옆에 안착시키려는 의도에서였다. 인주는 한때 사이드를 고국에서 벌어지는 투쟁에 동참시키려 애써보았다. 그러나 허사였다. 사이드는 마음이 여려서 힘겨운 투쟁에는 도무지 맞지 않았던 것이다. 대신 동생의 부드러운 성격이 미국에서 투병 중인 어머니를 보살피는 일에는 잘 맞을 것 같았다. 마침내 비자가 나와서 미국 영토에 발을 들여놓았고, 사이드를 어머니 옆에 데려다놓았으니, 이제 인주는 안심하고 고국으로 돌아갈 수 있을 것 같았다.

그는 동생과의 사이에 그 어떤 비밀도 없었다. 그날 밤에도 사이드에게 비행기 티켓을 보여주며, 자신은 내일 떠나간다고 알려준 것이다. 그 이야기를 듣는 사이드의 얼굴이 하얗게 질렸다. 동생은 형이 언젠가는 떠나갈 거라고 믿었지만, 그날이 이렇게 빨리 오리라고는 상상조차 하지 못했던 것 같았다. 동생은 감당하기 힘든 충격에 사로잡혀 말 한 마디 꺼내지 못하고, 천장을 보았다가 바닥을 내려다보며 가까스로 숨을 쉬고 있었다. 괜찮아. 너처럼 다정한 아들도 없잖니, 인주가 사이드의 손을 어루만지며 위로했다. 내가 없더라도 잘할 수 있을 거야. 어머니를 부탁해, 라고 말하며, 자신의 다짐이 사이드에게 힘이 되어주기를 바랐다.

사이드는 안정을 되찾지 못하고 몸을 떨고 있었다. 동생이 그토록 충격에 빠지리라고는 예상하지 못했지만, 그럼에도 모든 일이 잘 풀릴 거라고 믿고 인주는 사이드의 방을 나오고 말았다. 그 이튿날 새벽이었다. 출발을 앞두고 마지막 작별 인사를 나누러 동생의 방에 들어선 순간 뜻밖의 광경을 마주하고 말았다. 천정 대들보에 사이드가 매달려 있었던 것이다.

그 일 이후 인주의 인생은 끝나버렸다. 삶을 잃어버린 것이다. 그 어떤 의미나 목적도 사라진 삶. 아들의 시신을 움켜쥐고 울부짖다가는 실신해버린 어머니. 사이드 대신 어머니를 돌보아야 했던 자신. 그것은 개집에 묶인 개의 운명보다 못한 삶이었다. 그런 의미에서 당신의 예언은 정확하다. 스스로가 고결했고 드높은 포부를 품었으나, 그 뜻을 이루지 못한 채 아픈 어머니 한 사람을 돌볼 운명으로 태어난 존재, 그게 바로 나야. ……내가 수학자가 된 이유? 그야 다른 데로 정신을 돌리기 위한 방편이었지. 내가 읽고 싶었던 책이야 전혀 다른 종류였잖아. 세상의 고통을 담은 책들. 그럼에도 그런 책을 펼쳐들 때마다, 고국을 버린 네가 그 책을 읽을 자격이 있느냐는 양심의 소리가 울려 왔어. 미쳐버릴 것 같았지. 그런 상황에서 그나마 읽을 수 있었던 것은 오직 수학뿐이었어. 고통을 잊기 위한 마취제였다고나 할까? 아편? ……그래도 한 아름다운 여인이 내 고독을 알아보고 다가왔다네. 내 슬픔에 공감한다며 위로가 되어주려 애썼던 여인. 유일하게 나를 알아보았고, 유일하게 나를 사랑했던 진실한 여인. 그런데 나는 그녀를 학대하고 괴롭혀서 쫓아버렸어. 왜냐, 내가 세상에서 가장 싫어하는 인간이 바로 나였거든. 나는 나를 사랑하는 모든 인간을 저주한다. 나를 가련히 여기는 고운 마음에 침을 뱉고, 욕설을 퍼붓고, 발로 차고 때려서 쫓아버리고 싶어. ……나는 그 어떤 사랑도 받을 자격이 없거든. 인주는 고통 가운데 자신의 머리카락에 손을 집어넣고 미친 듯이 잡아당겼다. 머리카락이 살가죽을 당겨 찢어질 듯 아팠지만, 그 짓은 그가 해보았던 수많은 자학 가운데 가장 가벼운 것에 불과했다. 그의 가슴에는 십여 개의 칼자국이 남아 있었다. 자신이 칼로 새겨놓은 흉터.

제발 그만하세요.

예언자가 사정했다.

이제 미래를 예측해드릴 테니까.

미래요? 현재가 없는 사람에게 무슨 미래가 있을까요?

인주가 허망한 웃음을 지었다.

아무리 그래도, 누구에게나 미래는 있는 법 아닙니까? 절망뿐인 사람이 어디 있겠어요? 예언자가 간곡한 목소리로 설득했다. 종신직이건, 단란한 가정이건…….

단란한 가정. 인주는 자신의 머리카락을 움켜쥔 손가락을 풀며 배시시 웃었다. 지난 십이 년 내내 지옥에서 살았습니다. 아마 앞으로도 지옥에서 벗어나지 못할 겁니다. 인주의 목소리에는 고통이 어려 있었다.

제발 그런 식으로 단언하지는 말아요. 인간의 삶이란 여러 차원을 간직하는 법 아닙니까.

예언자가 가방을 열더니 그 안에서 무언가를 꺼내며 호소했다. 그가 꺼낸 것은 거무스레한 철제 상자였다. 그는 그 상자의 뚜껑을 열고서는 그 안에서 무슨 묵직한 덩어리 같은 것을 꺼냈다. 인주의 비스듬한 눈길에 그것은 정육점에서 파는 고깃덩이처럼 보였다. 그러나 예언자가 그것을 모로 세우고 손바닥으로 두드려 일렬로 정렬했을 때에는, 그것이 낱장으로 이루어진 두터운 카드 뭉치인 것을 깨달았다.

네크로카드입니다. 이천 년도 더 된, 손에서 손으로 전해 내려온 비밀 카드죠. 북아프리카의 접경지대에서 구한 겁니다. 예언자가 그 덩어리를 테이블에 올려놓고서는 한 손으로 밀어서 반원처럼 펼쳐놓았다.

아홉 장을 골라보세요.

그것은 정말이지 세월과 손때로 얼룩진 누르스름한 가죽 카드였다.

사람 가죽입니까?

인주가 묘한 미소를 띠고 묻자 예언자가 정색을 하고 인주를 바라보았다.

그게 그렇게 중요합니까? 선생님의 미래를 알아내는 일이 훨씬 중요하지 않습니까? 예언자가 심각한 표정으로 따졌다.

어서 아홉 장만 골라보세요.

인주는 재미있어 하는 표정으로 예언자를 빤히 바라보았다.

그러죠.

그는 축축한 느낌이 드는 가죽 덩이 몇 개를 골라냈다.

그만, 됐어요. 예언자가 인주의 손놀림을 중지시키더니, 지목된 것을 꺼내 고루 섞었다. 그런 다음 다시 아홉 장의 덩어리를 인주 앞에 일렬로 펼쳤다. 다시 세 장만 선택하세요. 이번에는 신중하게 선택해야 합니다.

인주는 아무렇게나 한 장을 뽑았다.

아뇨. 다시 하세요.

예언자가 준엄한 시선으로 인주를 노려보았다.

제발 신중하게……. 지금 선택하는 카드가 선생님의 미래를 결정하는 거니까…….

내 미래가 이 괴상한 가죽 덩이에 달렸다니. 웃음이 절로 나왔다. 그럼에도 인주는 예언자가 시키는 대로 카드를 집어넣고 다시 조심스럽게 세 장을 골라냈다. 예언자가 첫 번째 카드를 뒤집었다. 그 노란 거죽에는 마치 먹으로 수놓은 문신과도 비슷한 거무튀튀한 그림이 새겨져 있었다. 자세히 보니 삐뚤빼뚤한 선으로 그려진 별과 반달 따위였다. 어린아이가 그려놓은 듯 유치하기 짝이 없는 그 그림에 무슨 심오한 의미가 담겼으리라고는 상상조차 하기 힘들었지만, 예언자는 손을 턱에 괴고 깊은 고민에 빠진 듯 그 그림을 바라보았다.

잠시 뒤 예언자가 손을 내려놓으며 놀랍다는 듯 고개를 갸웃거렸다. 카드가 매우 흥미로운 사실을 가리키고 있습니다. 예언자가 인주를 똑바로 응시했다. 방금 전에 말씀드린 선택 있죠? 선생님의 모든 문제가 바로 그 잘못된 선택 때문에 벌어진 것 같다던. 바로 그 선택이 선생님에게 희망을 제시하는 것 같아요. 이게 어떻게 가능할까? 예언자가 자신의 뺨에 흐르는 땀을 손으로 닦으며 마치 혼잣말을 하듯 중얼거렸다.

그러니까 바뀔 것은 아무것도 없다는 이야기 아닐까요? 인주가 고개를 설레설레 흔들며 실없이 비꼬았다. 그건 아니지요. 여기 이 선과 대칭을 이루는 별이 보이십니까? 예언자가 손가락으로 가죽의 왼편에 새겨진 별 모양을 가리키며 말했다. 이건 분명히 그 나빴던 선택이 새 희망을 제시한다는 뜻입니다. 예언자는 자신도 이해가 안 간다는 듯 고개를 갸웃하며 카드를 바라보았다. 미쳤군! 미쳤어! 인주는 자신의 정체가 드러난 이 순간 그 어떤 예절이나 품위도 잃어버린 채, 마치 술에 취한 주정뱅이나, 정신병원에서 마주칠 정신 나간 사람처럼 지껄이고 있었다.

두 번째 카드를 뒤집어볼까요? 예언자가 조심스럽게 물었다. 좋으실 대로! 인주가 아무렇게나 내뱉었다. 어쩌면 좀 더 구체적인 방향이 제시될지 모르니까……. 예언자가 두 번째 가죽을 넘기더니, 흐흠, 하고 소리를 냈다. 그는 자신의 턱을 어루만지며 생각에 잠긴 표정이었다. 그러더니 문득 환한 얼굴로 바뀌었다. 제 생각이 맞아요. 두 번째 카드가 분명한 사실을 말해주고 있어요. 누군가가 있거든요. 선생님을 도와줄 사람. 그런데 그 사람은……, 하더니 예언자는 마치 그 어떤 모습을 떠올리려는 듯 눈을 절반쯤 감았다. 그 사람은 인주 씨가 그동안 만났거나, 어디선가 마주쳤던 이다. 그런데 그 가치를 알아채지 못했어. 그러니까 그냥 무시하고 지나쳤던 거 같아, 예언자는 눈을 계속 감은 채 무슨 주문이라도 암송하듯 나지막하게 중얼거렸다.

그 사람이 바로 귀인입니다!

예언자가 눈을 뜨며 외쳤다.

귀인? 점점 재미있어지네. 그동안 만났는데, 내가 그 가치를 알아보지 못했다(웃기는군. 아니 무언가 있을지 모르지). 혹시 그 사람의 이름이나 직업 같은 건 모릅니까? 인주는 장난스런 마음으로 물어보았다. 이름이요? 제가 어떻게 이름까지 알겠습니까. 다만 높은 직업을 가진 분은 아닌 것 같아요. 그러니까 무시하고 지나쳤겠지요. 하나…… 그분이 선생님께 도움을 줄 분인 것만은 틀림없습니다, 예언자가 최선을 다하여 자신의 생각을 일러주었다.

(이 사람은 병 주고 약 주는구나)인주는 열병에 걸린 듯 머리가 뜨겁고 정신이 산란하기만 했다. 모든 이야기가 허공에 떠다니는 유령들의 으스스한 춤 같았다. 한곳으로 모여지지 않았으며, 그 어떤 실체감도 느껴지지 않았다. 인주는 갈피를 잃어 정신이 해체되고 머리가 여러 덩어리로 분해된 채 허공에 떠 있는 느낌이었다. 그러니까 완전히 미쳤다는 거지. 동시에 이 모든 일들이 살을 에듯 아팠으며 총체적으로 두려웠다. 그동안은 팽팽하게 당겨진 외줄 위에서 가까스로 버티며 살아왔는데, 이제는 외줄에서 떨어진 신세였다. 땅바닥에서 나뒹굴고 있는 인주 자신. 더 이상 학교에 나갈 수 없겠지? 어떻게 다시 가면을 쓴단 말인가. 밥

과도 끝났어. 학생들과도……. 혹여 전화가 걸려 오면 끝났다고 말할 수밖에. 내 삶은 끝났어.

5.

자 이제 마지막 카드를 넘겨볼까요? 예언자가 말했다. 인주는 무심한 눈빛으로 그 카드를 바라보았다. 두개골 무더기와 그 위를 날아가는 또 다른 해골이 그려진 것 같았다. 아, 이건……! 예언자의 얼굴이 창백해졌다. 이건…… 말도 안 돼……. 예언자가 가죽을 돌려 뒤집어버렸다. 예언자의 당황한 표정이 인주에게는 차라리 흥미로웠다. 뭐가 그려져 있는데요? 무슨 해골 그림 아닌가요? 인주가 카드에 손을 뻗어 다시 뒤집으려 하자, 예언자가 소스라치게 놀랐다. 아닙니다! 아니에요! 하며 그는 그 카드를 다른 카드와 섞어버렸다. 완전히 빗나갔어요. 그만하겠습니다. 예언자가 향불을 끄더니, 향초와 받침대를 가방에 주섬주섬 집어넣기 시작했다.

왜요? 누가 죽습니까? 인주는 모호한 미소를 띤 채 물었다. 예언자가 손놀림을 멈추었다. 그는 잠시 말없이 인주를 바라보았다. 그러니까 그건……, 하고 예언자가 인주를 외면한 채 자신 없는 목소리로 얼버무렸다. 저는 늘 희망만을 전해왔습니다. 방금 전의 두 카드는 희망의 차원을 열고 있어요. 예언자가 고개를 들어 또렷한 눈빛으로 인주를 응시했다. 기억하시죠? 첫째 카드? 그 나쁜 선택이 나쁜 선택이 아니라는 것. 그것은 기회였습니다. 둘째 카드. 그것은 선생님께서 귀인을 만난다는 뜻입니다. 예언자가 입을 다물자 둘 사이에 침묵이 내려앉았다.

셋째 카드는……? 인주가 물었다. 예언자가 입을 열 듯하였으나, 아무런 말도 꺼내지 못하고서는 멍한 표정으로 인주를 바라보았다. 그랬다가는 갑자기 테이블 위에 널려진 가죽 카드를 주섬주섬 집어서 철제 상자에 우겨넣었다. 그 상자를 가방 안에 다급하게 넣더니, 이만 가보겠습니다, 하고서는 자리에서 일어났다. 인주가 예언자의 옷자락을 잡았다. 제발 말해주세요. 마지막 카드에 무어가 그려져 있습니까? 제 삶에 무슨 일이 벌어지는 거죠? 예언자가 인주의 손을 뿌리쳤다. 돈을 받고 한 것도 아니지 않습니까! 재미로 생각하시라고요! 예언자가 자리에서 일어서며 하소연하듯 외쳤다.

인주는 상대의 옷깃을 강한 힘으로 부여잡았다. 말해주세요, 제발…… 이 개 같은 삶에서 벗어나게 해주세요. 벗어날 수만 있다면……(그러나 벗어나지 못할 것이다). 예언자가 돌아섰다. 인주를 바라보는 그의 눈동자에는 서늘한 기색이 감돌았다. 자살입니까? 인주가 물었다. 고개를 좌우로 흔드는 예언자의 눈빛에는 그보다 더 끔찍한 무언가를 암시하는 공포의 기색이 감돌았다. 그럼…… 더 많은 사람이 죽습니까? 예언자는 긍정도 부정도 하지 못한 채 가만히 서서 인주를 바라보았다. 인주가 창백한 표정으로 쓴웃음을 지었다. 너무나 비싼 돈을 주고 산 카드입니다, 예언자가 흥분을 가라앉히며 떠듬떠듬 내뱉었다. 카드를 드릴수는 없어요. 그러나 그게 무슨 뜻인지, 혹시 다른 점치는분에게라도 물어보세요. 모로코와 사하라의 접경지대에서구한 거니까……. 모양이야 기억하시죠? 그는 다시 가방을열고서는 철제 상자를 뒤져 바로 그 카드를 끄집어냈다.

잘 봐두세요. 그러나 말입니다. 제 예언이 틀릴 때가 적지 않습니다. 이 카드의 의미가 무엇이건, 그건 그저 한 나이든 점쟁이의 실수였다고 생각하세요. 그게 훨씬 편할 겁니다, 하며 예언자가 철제 상자를 다시 가방에 집어넣으려다가는, 바로 그 카드를 바닥에 떨어뜨리고 말았다. 보세요. 완전한 실수였다니까요. 예언자는 미소를 지으려 애썼으나입술의 한쪽 끝이 떨렸다. 그는 바닥에 놓인 가죽 카드를 집어서 가방 속에 넣고서는 거실을 거쳐 사라져버렸다.

　예언자가 떠나간 뒤 인주는 소파에 길게 드러누웠다. 카드의 그림이 눈앞에 어른거렸다. 두개골 무더기라……. 인주의 뇌리를 스치는 오래전의 사건이 있었다. 고국에서 벌어졌던 잔혹한 학살 사건. 매립지에서 발굴된 두개골 무더기에는 총탄 자국이 뚜렷했다. 그 사건의 배후에 어른거리던 강대국의 그림자. 그런데 나는 이곳까지 와서 평온하게 살았단 말이지……. 인주는 입술을 실룩이며 웃었다. 그러나 곧 그의 이마가 일그러졌다. 수많은 혼령들이 방 안을 빙글빙글 돌며 춤을 추는 것 같았다. 그 모습이 인주를 종잡을 수 없는 혼란으로 몰아갔다. 인주는 소파에서 일어나서 침실로 향했다. 침대의 서랍을 열자 권총이 나왔다.

　권총의 탄창을 열어서 케이스에 장전된 총알을 세어보았다. 여섯 발의 총탄이 채워져 있었다. 권총을 허공에 치켜들었다. 방안에 날아다니는 유령을 과녁 삼아 한 발 한 발 쏘아보는 시늉을 했다. 미쳤어. 미쳤다니까, 나지막하게 뇌까린 뒤 그는 침대에 벌러덩 드러누웠다. 총구를 턱에 댄 채 방아쇠를 당기는 시늉도 해보았다. 자살은 너무나 손쉬웠다. 그럼에도 카드가 가리키는 미래는 그것은 아니었다.

예언자가 뱉어놓은 한 마디 한 마디가 너무나 정확해진 이 순간, 자신은 카드가 점지해준 미래를 살도록 예정된 허수아비 같았다.

그는 권총을 내버려둔 채 집 바깥으로 나왔다. 아직 여섯 시가 채 안 되었지만 초겨울의 해는 산등성이를 넘어가서 서편 하늘을 불그스레하게 물들이고 있었다. 주택가를 가로지르는 횡단보도에는 저녁을 맞아 조깅을 하는 남녀가 지나쳐가고 있었다. 그 어떤 목적을 가지고 저토록 몸매 관리에 심혈을 기울이는 이들이란 도무지 이해 불가능한 살덩이처럼 느껴졌다. 한때 인주에게는 지나치리만치 치밀한 계획이 있었다. 자신은 그 계획에 따라 움직이는 정밀한 기계부품과도 같았다. 어느새 그 계획은 버려졌고, 자신은 녹이 슬대로 슬어 도저히 복원이 불가능한 골조건물처럼 바뀌어버렸다. 나는 누구인가, 무엇을 하는 존재인가, 인주는 그 어떤 원초적인 질문에 사로잡혀 정처 없이 걷고 있었다. 인주가 들이쉬는 대기는 얼음처럼 서늘해서 가슴이 얼얼했다.

어두워진 하늘에는 자그마한 불씨 같은 별들이 하나둘 나타나기 시작했다. 인도에서 벗어나 샛길로 접어들자 길은 인적 없는 들판으로 이어졌다. 한쪽은 자작나무 숲이었다. 반대편은 공터였다. 공터 저편에 낡아빠진 건물이 보였다. 얼룩과도 같은 낙서가 칠해져 있고 유리창은 죄다 깨어진 그 건물은 바로 인주 자신을 닮은 듯 노쇠해 있었다. 건물 뒤편에 더러운 연못으로 변해버린 수영장이 보였다. 문득 그곳에 몸을 담그고 싶은 욕망이 치밀었다. 인주는 옷을 벗었다. 수영장에 다가가며 차례로 옷을 벗어 수영장에 발을 담글 때에는 완벽한 알몸이었다.

물에서는 역한 냄새가 올라왔다. 누군가가 오줌을 싸놓은 것 같았다. 그것도 한두 사람이 아니라 무수한 사람이 싸놓은 것 같았다. 물을 휘저어 앞으로 나아가자 나뭇조각이며 수초가 몸에 걸려 거치적거렸다. 잠시 뒤 새카만 오물 덩어리가 얼굴에 느껴졌다. 인주는 그것을 집어 자신의 머리 위에 치켜든 뒤, 똥만도 못한 삶을 살아온 너에게 세례를 주노라, 소리치며 자신의 머리 위로 뿌렸다.

6.

물에서 나와 옷을 걸쳤을 때에는 몸에 오한이 이는 것을 느꼈다. 턱이 덜덜 떨리며 팔과 다리에 소름이 돋았다. 몸을 움직인다면 열이 나서 조금은 나았을지 모른다. 인주는 가만히 누워서 하늘의 별들을 바라보았다. 암흑 한가운데 피어난 무수한 풀꽃 같은 별 무리가 부유하고 있었다. 자신은 살과 뼈가 발라진 뒤 차가운 대지에 널브러진 신경다발이라는 생각이 스쳤다. 그 어느 순간엔가 파리가 앵앵거리는 것 같은 묘한 선율이 귀에 울렸고, 잠시 뒤에는 그 선율이 바로 인간의 삶이란 여러 차원을 간직한다던 예언자의 언사임을 깨달았다. 그 말은 같은 선율만 반복적으로 되풀이되는 낡은 레코드판처럼, 절대로 떨어지려 하지 않고 인주의 귓전에 계속 맴돌았다.

잠시 뒤였다. 그와 비슷한 말을 들었던 오래전의 기억이 어슴푸레하게 떠올랐다. 미국에 와서 첫 몇 개월이 흘렀을 무렵이었다. 아버지의 손에 이끌려 나이든 이민자들이 모인 디크르(무슬림의 예배)에 끌려갔을 때, 그곳에서 마주친 것은 영혼을 잃어버린 인간들의 기도 장면이었다⋯⋯.

각자의 양탄자를 깔아놓고, 그 위에 섰다가 엎드리기를 반복하는 인간들을 응시하며, 저들은 과연 무엇을 빌고 있을까? 이곳 치욕의 땅까지 와서, 더 많은 돈을 벌게 해달라고 구걸할까? 식구들의 행복을 구걸할까? 체념 섞인 비웃음이 일던 일이 생각났다. 그때 무리로부터 조금 떨어진 기등 뒤편에 어느 자그마한 노인이 앉아 있는 것이 눈에 띠었다. 뭉게구름처럼 풍성한 수염을 두른 노인은 제법 신중한 눈빛으로 인주를 바라보고 있었다. 지붕 고치는 막일을 하다가 막 왔기에, 인주는 몸에 희뿌연 먼지를 잔뜩 뒤집어쓰고 있었다.

그런 일을 할 사람 같지는 않아 보이는데……, 노인이 나직한 목소리로 물었다. 그럼 롤스로이스라도 몰 사람처럼 보이십니까? 인주가 비꼬아서 되물었다. 아냐, 무언가가 달라 보여서 그래. 그런 뜻이 아니라네, 노인이 자신의 의도를 알아달라는 듯 미소를 띤 채 대답했다. 그럼 미국 변호사? 미국 회계사? 국회의장이라도 될 사람처럼 보이십니까? 인주가 세상과 자신을 비웃으며 아무렇게나 내뱉었다. 노인은 쓸쓸한 눈빛이었다. 젊은이, 삶에는 여러 차원이 있다네. 여기를 그런 식으로 단정 짓지는 말게나……, 노인이 무언가를 암시하듯 얼버무렸다.

회당을 나온 뒤에도 인주의 뒷모습을 응시하는 노인의 유심한 눈빛은 말 그대로 무언가가 달라 보였다.

오물이 떠다니는 낡은 수영장 옆에 누워 있는 이 순간 인주의 뇌리에 섬광과도 같은 빛이 번뜩였다. 이곳 미국을 그렇게 단정 짓지 말라니? 이 땅에도 여러 차원의 일들이 있을 수 있다? 허공을 떠다니는 유령과도 같던 상념의 가닥들이 갑자기 제자리를 잡는 느낌이었다. 하늘의 별들도 무언가를 암시하듯 무리를 지어 흐르고 있었다. 그 노인의 이름이 '알 이브라힘'이라는 것을 나중에야 알게 되었다. 그가 고국에서는 셰이크(무슬림의 장로)였지만, 이곳 미국으로 이주해 온 뒤에는 경전이나 코란을 파는 헌책방을 운영하는 것도 알게 되었다. 그러나 그에게는 헌책방 운영 이외의 다른 목적이 있었던 듯하다.

문득 관자놀이가 지끈거리더니 심장박동이 거칠게 울리는 것을 느꼈다. 그것은 밤의 한기가 안긴 추위 때문은 아니었다. 얼음장 같은 물속에 몸을 담갔던 객기 때문도 아니었다. 꺼져버린 잿더미 속에서 희미하게 타오르는 불씨를 심장이 먼저 알아차리고 격렬하게 반응한 탓이었다. 몸에 전류가 흐르는 듯 부르르 떨리더니 정신이 순식간에 맑아졌다. 인주는 떨리는 심정으로 지갑을 끄집어냈다.

그 안에는 자그마한 신분증이 들어 있었다. 그것은 인주가 이민국에서 오른손을 치켜들고 선서를 하여 얻어낸 시민권이었다. 자랑스러운 미국인이 되었다고 선언했던 자신의 혀와, 치켜든 오른손을 얼마나 저주했던가. 뱀 같은 혀와 사악한 손을 잘라버리는 상상을 수없이 반복해왔으나, 지금 이 순간에야 비로소 그 행위의 이면이 느껴지기 시작했다. 바로 이 시민권이야말로 고국의 그 어떤 용사도 접근 불가능할 장벽을 뚫을 증명일지 몰랐다. 더구나 자신은 얌전한 교수 신분으로 살아왔지 않는가. 자신의 치욕적이었던 삶이 정교하게 계획된 위장偽裝이 될 수도 있다는 생각에 입가에 미소가 번졌다. 그것은 헛웃음이나 비애 섞인 웃음이 아닌, 완전히 잃어버렸다고 믿었던 진정한 기쁨으로 인한 웃음이었다.

알 이브라힘은 내 분노를 알아차린 거야. 그가 내게 보냈던 것은 일종의 암시였는데, 왜 나는 그것을 알아채지 못했던 것일까? 아마도 그때는 사이드를 잃은 슬픔과, 내 자신에 대한 가학, 이곳 삶에의 비애 섞인 분노가 컸기에 제정신이 아니었으리라. 인주의 호흡이 가빠졌다. 첫째 예언에 이어 둘째 예언까지 저절로 풀리는 느낌이었다. 알 이브라힘을 만나자. 그가 바로 귀인이다. 그러나 벌써 십이 년 전의 일이지 않는가? 디씨로부터 멀리 떨어진 이곳 서부로 이주해 왔고? 그럼에도 다시 생각하자 그런 것은 문제가 되지 않는다는 확신이 섰다. 자신의 삶이야 모든 것이 이루어지도록 카드에 쓰여 있지 않은가, 하며 인주는 차가운

대기를 가르는 웃음을 쏟아냈다.

몸을 구르며 웃다가는, 만약 아까의 예언자가 허연 수염을 기르고 터번을 두른다면 알 이브라힘과 비슷하지 않을까 상상해보았다. 정말이지 두 사람은 너무나도 비슷하게 느껴졌고, 바로 예언자야말로 십이 년 전의 그 귀인이며, 앞으로 다시 만날 알 이브라힘일지 모른다는 예감에 몸이 떨렸다. 그것은 일종의 반전이었다. 만남과 헤어짐 가운데 지옥의 밑바닥에서 허우적대던 자신의 인생마저 숭고해진 것이다. 바로 그 순간 하늘의 별들도 일제히 인주를 중심으로 모여들며, 지난 십이 년 내내 단 한 번도 느껴본 적 없던 강력한 힘으로 그의 영혼을 빨아 올리는 듯했다.

이제 세 번째 카드의 비밀만 풀어내면 되었다. 나 혼자의 죽음이 아닌, 많은 사람의 죽음이라……. 아직은 애매하기만 했다. 그럼에도 그것이 그의 삶의 마지막을 수놓을 꽃장식인 것만은 분명해 보였다. 지난 십이 년 동안 쓰러져 있다가 다시 일어설 기력을 회복한 젊은이처럼, 인주는 자리에서 꼿꼿이 섰다. 목적지를 상실한 난파선과도 같던 자신의 삶이 돛을 다시 세우고 바람을 부풀리기 시작한 것이다. 언덕 아래로 불을 밝힌 집들이 보였다. 알 이브라힘 앞에 무릎을 꿇자. 그 동안 고국을 등졌던 탕아가 돌아왔다고 빌자. 그 순간 인주는 뺨에 뜨뜻한 눈물이 흘러내리는 것을 느꼈다. 그 뜨뜻함이 좋아서 그대로 내버려둔 채 걷기 시작했다. 알 이브라힘은 그 어떤 요구를 할지 모른다. 내가 적의 끄나풀이 아니라는 증거를 대라는……. 손가락을 한두 개쯤 잘라 바쳐야 할지 모르지. 그러나 그게 무슨 대수란 말인가. 목숨을 바치려는데……. 인주는 날카로운 얼음조각과도 같은 대기를 흠씬 마셨고, 폐가 찢어지는 듯 아팠다. 그럼에도 모든 것이 좋았다. 삶도 아름다웠고 죽음도 아름답기만 했다. 그는 미소를 띤 채 질풍과도 같은 속도로 밤의 거리를 내달리기 시작했다.

유령과의 입맞춤

1.

이산은 그날 저녁 무서운 상상의 포로가 되어 있었다. 지난 삼십 년 자신을 사로잡았던 학문적 열정이 갑자기 사라진 것이다. 그의 텅 빈 마음에는 오직 자신의 연구가 불러일으킬 미래에 대한 공포감이 커지고 있었다. 그는 자신이 촘촘하게 적어놓은 종이 위의 수치와 그 옆에 그려진 두뇌의 그림을 보았다. 세 살 아이를 대상으로 한 두뇌실험 결과를 기입해놓은 그 연구는 분명히 자신을 파멸로 몰아갈 것이 틀림없었다. 이산은 뉴런의 활성화 수치가 적힌 종이를 손에 든 채 희미하게 웃다가는 이를 신경질적으로 찢어서 바닥에 팽개쳐버렸다.

그럼에도 아무런 소용이 없었다. 자신은 저 종이처럼 산산이 바스러질 운명이었다. 이산은 지난 세월 자신이 붙잡고 뱅글뱅글 돌렸던 두개골에 구멍을 뚫는 끌이며, 두개골을 쓰는 가느다란 줄톱을 서글픈 눈빛으로 바라보았다. 어쩌면 그것들은 더 이상 남의 머리를 절개하는 도구가 아니라, 바로 자신의 머리를 향한 흉기로 돌변할지 몰랐다. 절개 도구들 건너편의 벽장에는 체액에 담긴 뇌들이 진열되어 있었다. 그 물컹한 뇌들은 자신의 오랜 실험 재료였으며 연구의 기초를 이루어왔지만, 이제는 바로 자신의 뇌가 저런 꼴이 되지 않으리라는 보장이 없었다. 이산은 자신의 머리카락을 움켜쥔 채 비명을 내지르며 연구실 바닥에 쓰러지고 말았다.

바닥에 누워서 연구실 천장을 바라보았다. 상황은 절망적이었다. 어쩌면 다른 삶의 경로를 밟았어야 했을지 모른다. 아니 혹여 그랬다 하더라도 자신은 결코 지능 연구를 피할 길이 없었을 것 같았다. 그것은 사과가 떨어지는 모습에서 영감을 얻었던 뉴턴이나, 새 부리의 모양을 유심히 살폈던 다윈이 각자의 인생에서 결코 다른 경로를 상상해낼 수 없는 것과 마찬가지의 이치에서였다. 바로 그들처럼 연구에 모든 삶을 쏟았던 한 학자가 바로 자신의 연구로

인하여 생사의 문턱에 서 있었다. 이산은 비록 자신의 목숨을 지키지는 못할지언정 자신의 연구만큼은 지켜야 한다는 의지를 느꼈다.

그는 무심결에 일어나서 서가로 다가갔다. 서가에는 자신이 작성해놓은 십여 권의 연구 노트가 빼곡히 꽂혀 있었다. 그는 거의 본능에 이끌려 그 가운데 가장 핵심을 담은 노트를 꺼낸 뒤, 간이침대 아래 약간은 헐렁해진 타일을 열었고, 그 밑의 구덩이에 그것을 숨겼다.

이산이 타일을 다시 덮는 순간 실험실의 문이 열렸다. 세 사람의 낯선 남자가 실험실 안으로 들이닥쳤다. 맨 앞의 덩치가 커다란 남자가 이산의 손목을 비틀었다. 그 뒤의 남자는 이산의 머리에 두건을 씌웠고, 또 다른 남자는 이산의 허리띠를 움켜쥐고 그를 실험실 바깥으로 끌고 나갔다. 이산은 캄캄한 어둠 가운데에서 자동차에 태워져 낯선 사람 사이에 끼인 짐짝처럼 어디론가 실려갔다.

마침내 두건이 벗겨졌을 때 천장의 불빛이 너무나 강렬했다. 마치 날카로운 유리 가루가 눈에 뿌려진 느낌이었다. 이산은 손으로 눈을 가려 빛을 피해야 했으며 한참 시간이 흐른 뒤에야 가까스로 눈을 뜰 수 있었다. 그를 데려온 사람들은 보이지 않았다. 이산은 자신이 독방에 갇힌 것을 깨달았다.

담요도 매트리스도 없는 그 방에서 이산은 바닥에 쪼그려 앉은 채 불안한 시간을 견디어야 했다. 어느 순간엔가는 무슨 신음 소리 같은 게 들려왔다. 바람 소리에 섞인 신음 소리는 이산의 심장을 조여왔으며, 무한정하게 늘어난 시간에 얽혀 계속 그를 압박하고 있었다. 나중에야 그 소리가 바닥에 뚫린 작은 용변 구멍으로부터 새어나오는 것임을 깨달았다. 방의 벽은 너무나 두터워서 완벽한 방음이 되었지만, 용변 구멍만큼은 방들끼리 연결되어서 옆방의 비명이나 신음 소리가 시도 때도 없이 흘러들었던 것이다. 항상 연구에 몰두해왔던 이산에게는 그 불길한 소리는 귀를 곤두서게 하는 저주였으며, 도무지 피할 길 없는 운명의 선고와도 같았다.

어느 날엔가는 마침내 방의 문이 열렸다. 감방 안으로 들어온 이는 마치 사춘기 소년처럼 어린 티가 가시지 않은 젊은 간수였다. 그는 이산더러 옷을 벗으라고 명령했다. 이산은 알몸이 되었고 회색 죄수복이 주어졌다. 죄수복을 입고 보니 바지의 허리가 커서 손으로 붙잡아야 했다. 그는 바지를 잘못 받은 게 아닐까 걱정했지만(나중에 건물 복도에서 마주친 다른 죄수가 자신처럼 허리춤을 붙잡고 엉금엉금 걷

186

는 것을 보고서), 그 바지가 죄수의 탈출을 막기 위한 장치인 것을 깨달았다.

며칠 뒤였다. 젊은 간수가 자신더러 감방 밖으로 나오라고 지시했다. 그는 간수의 뒤를 따라서 복도를 지나쳐갔다. 어디로 가느냐고 묻고 싶었으나 공포에 질려 말을 꺼낼 수 없었다. 간수가 먼저 입을 열었다. 지금 가는 곳이 '검사실'이라는 것이었다. 그는 이산더러 운이 좋은 편이라고 덧붙였다. 대부분의 죄수는 이곳에 끌려오면 곤죽이 되도록 얻어맞는데, 그런 절차가 생략된 채 곧바로 조사부터 받게 되었으니 얼마나 다행이냐고 했다.

이산은 하마터면 그에게 고맙다고 대답할 뻔했다. 실상 이산은 그 앳되어 보이는 간수와 속엣 이야기라도 나누고 싶은 심정이었다. 벌써 수십 일, 이산은 적막에 갇혀 있었으며, 그를 소스라치게 하는 것은 오직 하수구의 바람 소리에 섞인 비명과 신음뿐이었는데, 그 순간의 고통을 간수에게라도 터놓고 싶었던 것이다.

간수가 어느 방의 문을 두드렸다. 들어오라는 소리가 들렸다. 간수가 인도하여 이산은 실내로 들어섰고 빈 의자에 앉혀졌다. 탁자 위의 전등 불빛이 이산에게 쏟아져서 눈이 부셨으며, 다른 사람들은 어둠속에서 어렴풋한 윤곽만 보였다. 이산 맞은편에 앉은 사내가 입을 열었다. 그는 느리고도 점잖은 음성으로 자신은 검사보라고 했다. 이 사건은 간단해 보이지만 실상 그렇게 간단하지 않을 수도 있다며, 사안이 심각한 것만은 분명하다고 했다.

검사보는 뒤로 물러앉으며 이번 사건의 고발인이 누구인지 생각해보았느냐고 물었다. 그것은 이산이 독방에서 계속 곱씹었던 사안이었다. 당연히 생각나는 사람이 있긴 있었다. 본인의 연구는 뒷전이고 남의 일에 기웃거리기를 좋아하는 C교수 아니면, 학문 연구보다는 선전활동에 열심인 P교수일 것 같았다. 이산은 이곳에 끌려오기 며칠 전 연구자의 자세에 대해 P교수와 언쟁을 벌였는데, 그 일이 그에게 앙심을 품게 했을지 몰랐다.

검사보는 고발인이 일리야라고 알려주었다. 검사보는 그야 당연하다는 듯 빙긋이 웃었지만, 이산은 충격에 사로잡히지 않을 수 없었다. 일리야는 자신의 오랜 제자이자, 그 동안의 연구를 뒷받침해온 그림자 같은 존재였다. 일리야는 어제도 평소처럼 웃는 얼굴이지 않았던가? 실험도구는 자신이 닦겠다며, 이산더러 일찍 퇴근하라고 당부했는데? 이산은 머리가 깨질 듯 아파왔다. 만약 자신의 딸이 백혈병으로 세상을 일찍 떠나지 않았더라면, 일리야는 자신의 사위가 되었을지 모를 깊은 관계였다.

검사보는 그야 어쩔 수 없는 일이라고 덧붙였다. 혹여 일리야가 당신을 고발하지 않았더라면, 그마저 이곳에 붙들려왔을 거라며 일리야를 두둔했다. 문득 이산의 뇌리에 스탈린의 대숙청 시절이 떠올랐다. 그 무렵 자신의 아버지 어머니는 밤잠을 못 이루고 떨어야 했다. 아니 공화국 전체가 한겨울의 얼음판처럼 서늘하게 얼어붙었던 시절이었다. 지금이야 그때보다 나아졌다지만 여전히 감시와 고발이 횡행하고 있었고, 자신은 아들처럼 믿었던 존재의 배신으로 이곳까지 끌려오고야 만 것이다.

검사보는 이산 쪽으로 몸을 기울여 앉았다. 고발장이 너무나 상세하기에 이 사건은 무척 투명해 보인다고 했다. 그러면서 이제 시작하는 것이 어떻겠느냐고 물었다. 검사보는 미소를 짓고 있었는데 눈빛과 표정이 부드러워 온화함마저 느껴지는 사십 대 초반의 얼굴이었다. 그는 이산의 생년월일이며 주소 같은 인적 사항을 물었다. 그 순간 어둠의 저편에서 보이지 않는 속기사의 타자 두드리는 소리가 들렸다. 간단한 질의응답이 끝난 뒤 검사보는 자신의 책상 위에 현장에서 압수해 온 비닐에 싸인 이산의 연구노트를 증거물로 내놓았다(다행스럽게도 거기에 이산이 숨긴 비밀 노트는 없었다). 검사보는 이산의 연구가 인간의 지능에 관한 연구 맞느냐고 물었다. 이산은 그렇다고 대답했다. 검사보는 이산더러 연구의 개요를 설명해달라고 했다. 이산은 자신은 두뇌의 전두엽을 연구한다고 했다. 전두엽의 회백질은 신진대사를 담당하고 있는데, 신진대사의 속도가 사람마다 다르다, 우선 회백질의 밀도가 서로 다르며, 뉴런의 반응 속도도 제각각이라고 했다. 이산이 손짓과 몸짓을 섞어 자세하게 설명하려 하자 검사보가 이를 제지했다.

아니, 아니, 그보다는……,

하더니,

최근 두뇌 실험의 대상이 사람이었던 것 맞죠? 하고 검사보가 물어 왔다.

아……. 네.

열 살 어린이 오백 명을 대상으로 실험했던 게 삼 년 전인가요?

정확하게는…… 사백팔십 명이었죠.

그러니까 그 일이 삼 년 전이었던 것, 맞죠?

네.

이 년 전에는 실험 대상이 일곱 살로 어려졌나요?

이산은 잠시 말문이 막혔다.

190

네.

올해 실험 대상이 된 아이들은 몇 살이었죠?

세 살…….

해마다 어려지는군요. 왜죠?

연구의 아픈 부분을 짚는 검사보의 질문에 이산은 숨이 막혔다. 아이들의 어려지는 나이는 연구의 핵심은 아니었지만 꼭 필요했다. 다섯 살에서 세 살로 옮겨 갈 때는 차라리 그만둘까 고민도 해보았다. 그럼에도 이산은 실험을 멈출 수 없었다.

그것이 연구의 핵심은 아닙니다. 연구의 핵심은…….

아니!

검사보가 손을 내밀어 이산의 말을 제지했다.

왜 나이가 어려진 것인지, 설명해보라니까…….

검사보가 다소 고압적으로 물어 왔기에 이산은 멈칫했다. 이산은 잠시 머뭇거린 뒤 이어나갔다. 인간의 지능은 일정 부분 사회에서 결정된다고 했다. 학교에서 어떤 교육을 받았는가 라든지, 혹은 어떤 환경에서 자라났는지에 따라 달라진다, 그러나 선천적인 차이도 분명히 있는 것 같다, 이를 밝혀내기 위해서, 환경의 영향을 덜 받은 어린이를 대상으로 삼는 실험이 불가피했다……, 이산이 떠듬떠듬 대답했다.

지능 차이가 나타났단 말인가? 검사보가 물었다. 이산은 잠시 상대의 표정을 살핀 뒤 고개를 끄덕였다. 세 살 아이에게서도? 검사보가 다시 물었다. 이산은 다시 고개를 끄덕였다. 검사보는 생각에 잠긴 듯 말없이 의자의 팔걸이를 어루만졌다. 혹시 그 아이들에게 무슨 문제가 있었던 것은 아닌가? 정신박약이라든지, 저능이라든지, 무슨 정신 질환 같은……? 검사보가 팔걸이를 매만지던 손동작을 멈추며 조용히 물어 왔다. 이산은 잠시 상대의 의도를 생각한 뒤 그건 아니라고 대답했다. 그럼 보통의 어린아이였다……, 하더니 검사보가 뒤로 물러앉았다.

그는 길고 하얀 손가락으로 턱을 감싼 채 말없이 앉아 있었다. 잠시 뒤 그는 손을 내려서 팔걸이를 몇 번 두드리고서, 그럼 지능 차이란 인간의 타고난 본성이란 말인가? 라고 이산을 똑바로 응시한 채 물었다. 이산은 아무런 대답도 하지 못하고 상대를 비스듬히 올려다보았다. 검사보는 의자를 빙글 돌려 앉았다. 그는 책상에 놓인 서류를 들추어서 두어 페이지를 넘기더니 특정한 부분에 시선을 모았다. 그는 이산더러 혹시 고등학생 시절에 콤소몰(공산주의 청년 조직)에 가입하지 않았느냐고 물었다. 이산은 이

를 시인했다. 그곳에서라면 마르크스의 구절쯤은 달달 외
웠을 텐데……? 검사보가 서류 너머로 신중한 시선으로 이
산을 바라보았다.

그의 질문은 사실이었다. 이산은 그 무렵에 열성적인 마
르크스주의자였다. 공화국에서 시작된 사회주의는 세상
곳곳으로 확산되고 있고, 언젠가는 전 세계가 사회주의로
바뀌리라는 믿음을 굳게 품었다. 따라서 이산은 이를 시인
하는 표정으로 얌전히 눈을 내리깔았다. 검사보가 서류를
내려놓더니, 혹시 '테제'를 기억하느냐고 물었다. '포이에
르바하에 관한 테제……,' 하고 그가 덧붙였다. 이산은 물
론 마르크스의 그 간결한 글을 잘 알고 있었기에 고개를
끄덕였다. 그럼 여섯 번째 테제가 의미하는 바가 무엇이냐
고 검사보가 물었다.

이산은 자신의 기억을 더듬어보았다. '인간은 오랜 역
사에서 인간본성이 존재한다고 믿어왔다. 그런데 인간에
게 타고난 본성이란 없으며, 그것은 실제로는 사회의 여러
모순이 집약된 것에 불과하다……,' 라고 이산은 떠듬떠듬
대답했다.

그게 무슨 뜻인가? 검사보가 스탠드 가까이에 얼굴을
바싹 댔다. 방금 전에 당신은 지능 차이가 인간본성이라고

하지 않았는가? 그런데 테제는 인간본성이란 없으며, 그런 것이 있다고 믿어온 자체가 일종의 기만이요 속임수라는 말 같은데······? 인간본성이란 지배계급이 꾸며낸 술수라는 뜻 아닌가? 검사보가 나지막하면서도 또박또박하게 내뱉고서는 자신을 노려보고 있었다. 과연 누가 옳단 말인가? 당신이? 아니면 마르크스가? 검사보가 집게손가락을 내밀어 이산과 한쪽 벽을 번갈아 가리키며 물었다.

검사보가 가리킨 벽은 칠흑처럼 새카맸다. 하나 밝은 빛이 비친다면 그곳에는 마르크스의 사진이 걸려 있을 터였다. 이산은 입 안이 바싹 마르는 느낌이었다. 물론 마르크스는 진리였다. 그럼에도 마르크스가 옳다고 해서 자신의 연구가 잘못인 것은 아니었다. 검사보와 편안한 자리에서 충분한 시간을 가지고 대화를 나눌 수만 있다면 상대를 설득해낼 수 있을지도 몰랐다. 그러나 지금 벌어지는 것은 대화가 아닌 심문이었고, 그것도 마르크스주의를 위반한 혐의로 자신은 검사보 앞에서 추궁당하는 중이었다. 아, 세상에서 마르크스를 위반한 것만큼 무거운 죄가 어디 있을까, 이산은 탄식했다. 그럼에도 자신에게 잘못은 없었다.

도무지 거역하기 힘든 그 무엇인가가 자신의 내면에 들끓는 것을 느꼈다. 이산은 고개를 치켜들었다. 그는 마르크스와 과학은 다르지 않느냐고 항변했다. 마르크스는 인간이 어떤 삶을 살아야 할지를 가르쳐주는 규범이라고 했다. 반면에 과학은 오직 진실을 추구하는 방법론이라고 했다. 지금 자신이 밝히려는 것은 지능의 선천성에 관한 문제이며, 만약 지능이 선천적이라면 어떤 두뇌 영역이 이에 관련되었는지 밝히려는 것이라고 대답했다. 그 말에 검사보는 즉각 놀랍다는 표정을 지었다. 마르크스가 과학이 아니라니? 마르크스가 규범에 불과하다니? 그게 무슨 소리인가? 검사보가 자신의 양팔을 펼쳐서 더 듣고 싶다는 손짓을 했다. 마르크스가 과학이 아니라면 무엇이 과학이란 말인가? 당신의 이 노트가 마르크스보다 과학적이라는 건가? 검사가 비닐 봉투에 담긴 이산의 연구노트를 흔들며 뒤를 돌아보았다. 그러자 어둠 속에서 속기사와 비밀 요원의 웃음소리가 들렸다.

이산은 자신이 올무에 걸린 작은 짐승처럼 느껴졌다. 자신이 반항하면 할수록 올무는 자신을 죄어올 것이 분명했다. 그 어떤 언쟁을 벌이건, 그 어떤 항변을 늘어놓건, 아무 소용이 없다는 체념이 일었다. 그럼에도 이것은 자신과 검사보 사이의 언쟁만은 아니었다. 이것은 진실에 대한 문제였으며, 그 문제에 관해서라면 도무지 제어하기 힘든 용솟음이 이산 내부로부터 솟구치는 것을 느꼈다. 이산은 마르크스가 인류 역사상 가장 뛰어난 사상가인 것은 변함없는 진실이라고 내뱉었다. 그럼에도, 위대하신 마르크스조차도, 백오십 년 전에 태어난 인간에 불과하지 않느냐고 항변했다. 그분이 사람의 두개골을 직접 절개해본 것도 아니요, 천 명 가까운 사람들로 인지 테스트를 해본 것은 더욱 아니라고 했다(이산의 주장은 진실이었다. 그것도 평범한 진실이었다. 그럼에도 저들에게는 신성모독에 가까웠고, 그런 만큼 치명적이었다. 하나 이산의 항변은 이어졌다). 자신의 연구는 마침내 지능 차이의 핵심에 접근해가고 있다고 했다. 지능 차이의 원인과 관련하여 이제야 놀라운 결과가 나오려는 중인데……, 정말이지 놀라운 결과가 나오려는 중인데……, 이산은 양손으로 자신의 눈자위를 어루만져 쏟아지려는 울음을 가까스로 참았다. 아니, 마르크스가 살아 계시다면, 그래서 자신의 연구 결과를 보셨더라면, 인류의 평등과 화합에 도움이 될 내용이라며……, 열심히 하라고……, 자신의 어깨라도 두드려주셨을 것 같다고, 쥐어짜듯 내뱉었다.

이산은 자신의 항변에 숨이 막힐 것 같았다. 그 누구도 입을 열지 않았다. 움직이는 사람은 아무도 없었다. 속기사의 타자 소리는 멎었으며 실내가 한층 어두워진 느낌이었다. 냉랭해진 실내의 대기 가운데에서 가만히 정지해 있는 검사보의 윤곽만이 이산의 시선에 들어왔다. 저들의 내면에서 조용히 끓어오르는 분노가 느껴졌다. 이산은 마르크스를 마치 자신의 친구라도 되는 듯 지껄임으로써(저들 입장에서), 결코 넘어서는 안 될 선을 넘어버린 것이다. 형언하기 어려운 혼란과 절망 가운데에서 이산은 자신의 영혼이 두 조각으로 갈라지는 것을 느꼈다. 아니, 애초부터 자신에게는 상반된 두 영혼이 도사리고 있었는지 모른다. 하나는 당에 충성하고 규율에 복종하며 몸을 사리는 자아였으며, 다른 하나는 옳고 그름의 문제에 몰입하여 끝장을 보고야 마는 자아였다. 회오리처럼 몰아쳤던 열정이 수그러들자 조용하고 고분고분한 자아가 그 자리를 대신 차지했다. 이산은 원래의 그로 돌아와 바지의 허리춤을 움켜쥔 채 고개를 수그리고 몸을 낮추었다.

책상 서랍을 여는 소리가 들렸다. 검사보가 무언가를 꺼내 이산 앞에 내밀었다. 그것은 꽤나 두툼해 보이는 책이었다. 검사보는 그 책의 접힌 페이지를 펼쳐서 이산에게 내보였다. 이 그림이 누구 그림인지 아느냐고 검사보가 가라앉은 목소리로 물어 왔다. 이산은 시야가 흐릿했으나 눈썹의 힘을 모으자 그 페이지의 삽화가 보였다. 대여섯 개의 인간 두뇌가 그려진 그림이었다. 각각의 두뇌 그림 아래에는 두뇌의 크기와 무게가 계측된 숫자가 표기되어 있었다. 이산은 그 그림을 즉각 알아보았다. 그것은 폴 브로카가 그려놓은 두뇌 계측 그림이었다. 폴 브로카는 두뇌의 크기와 지능 사이에 상관관계가 있다고 믿었으며, 백인은 선천적으로 두뇌가 크고, 흑인이나 동양인은 두뇌가 작다고 주장했던 인종주의 학자였다.

과연 마르크스께서 이 자더러 연구를 열심히 하라거나, 그대의 연구가 평등주의를 드높일 것이니, 라고 부추겼을까? 검사보가 무미건조하고 엄격한 목소리로 이산에게 물어왔다. 이산은 아니요, 그럴 리 없지요, 라고 공손하게 대답했다. 검사보는 다른 접혀진 페이지를 펼쳐서 이산 앞에 내밀었다. 이건 누가 그린 그림인가? 검사보가 다시 물었다. 그것은 온갖 범죄자의 두상을 그려놓은 체자레 롬브로소의 그림이었다. 그는 범죄자는 선천적으로 가난한 계층에서 태어나며, 보통 사람과는 다른 두상으로 태어난다고 주장했던 이탈리아의 골상학자였다. 검사보는, 이 사람은 어떤가? 마르크스가 이 사람더러 당신의 연구는 훌륭하다, 평등주의를 드높이기 위해 계속하라, 라고 했을까? 이산은 역시 나약하고 힘없는 목소리로 아니요, 아닙니다, 라고 대답했다.

그럼 지능 차이는 무얼 하자는 건가? 책을 덮으며 검사보가 가라앉은 목소리로 물었다. 이산은 아무런 답변도 할 수 없었다. 왜 이런 연구를 하는 거지? 왜 이런 제국주의적인 생각을 우리 선량한 학생에게 주입시키려는 건가? 검사보가 책상에 늘어놓았던 비닐로 포장된 이산의 연구노트를 가지런히 정렬하며 물었다. 속기사의 타자 소리는 멎어 있었다. 검고 커다란 암흑으로 느껴지는 검사보의 모습은 미동조차 하지 않았으며, 어두운 실내에는 무거운 침묵이 감돌고 있었다.

먼 옛날이었어. 플라톤은 사람의 핏속에 금이 흐르느냐, 은이 흐르느냐를 가지고 지배와 피지배를 합리화하려 했지. 우리 세대에 이르러 플라톤의 금속 물질은 훨씬 정교해졌어. 두뇌 크기나 지능 차이라는 이름으로 둔갑했으니까. 내가 알고 싶은 것은 이거야. 어떻게 우리 공화국에 그런 제국주의적인 사상이 주입되었을까, 하는 문제. 이를 진정 염려하는 검사보의 표정은 어딘지 슬퍼 보였으며, 안타까워하는 것도 같았다. 이산은 아무런 대꾸도 하지 못하고 앉아 있었다. 정말 알고 싶어. 이건 절대 당신 혼자의 고안이 아니잖아? 검사보가 걱정하는 표정으로 의자에서 일어났다. 어떻게 지능 연구라는 명목 아래 천 명의 어린이를 동원했을까? 어떻게 그들에게 온갖 실험을 실시할 수 있었지? 이 거대한 작업을 당신 혼자 기획했을까? 검사보는 이산에게 물어보는 것 같았지만, 턱에 손을 괸 채 의자로부터 멀어져 허공의 먼 곳을 바라보고 있었다. 너무나도 거대한 기획의 냄새가 느껴지지 않나……?

그날 이산은 백 장 가까운 흰 종이와 연필 한 자루를 손에 들고 자신의 독방으로 돌아왔다. 검사보가 써 오라고 지시한 것은 일종의 진술서 형식을 띤 자기 고백이었다. 어떤 경로를 통해 이산이 제국주의적 지능 개념을 체득하게 되었는가, 라든지, 누가 이산에게 그런 범죄적인 사상을 주입시켰는가를 쓰라고 했다. 대학에서 어떤 사람과 모의했고, 어떤 범죄적인 경로를 통해서 천 명 가까운 어린아이 집단을 모을 수 있었는지도 반드시 기술되어야 한다고 했다. 심지어 어린아이의 부모 가운데 단 한 사람이라도, 이산의 범죄적인 생각에 동조한 자가 있다면, 그에 관한 세부 기록도 놓쳐서는 안 된다고 요구받았다.

이산은 백지를 그대로 놓아둔 채 가만히 앉아 있었다. 그의 뇌리에는 대학시절부터 만났던 여러 인물의 얼굴이 스쳐 지나갔다. 자신에게 깊은 영향을 끼쳤던 변연계 전문가 이반 교수가 떠올랐다. 그와 나누었던 해마의 기능에 관한 이야기도 함께 되살아났다. 그럼에도 그 대화에는 그 어떤 제국주의적인 모의나, 그 어떤 제국주의적인 밀담도 섞여 있지 않았다. 그것은 두뇌의 기능에 관한 순백의 대화였을 뿐이다. 아무리 돌이켜보아도 자신에게 그 어떤 불온한 사상을 주입시킨 인물은 없었다. 그런데 왜 자신은 이토록 마르크스와 충돌하는 문제에 골몰하게 되었을까? 그것이 이산 본인에게도 미심쩍은 사안이었다. 정말 검사보의 주장처럼 의식적, 무의식적으로라도 공화국을 해칠 의도가 있었던 것은 아닐까?

이산은 연필과 종이를 밀치며 양 무릎에 얼굴을 가져다 댔다. 무릎 사이로 바닥에 번져 있는 거무스레한 얼룩이 보였다. 그것은 아니지 않는가? 이산은 얼룩을 매만지며 생각했다. 자신은 공화국을 사랑했으며, 그 애정은 지금까지 거의 변한 적이 없었다. 자신의 연구야말로 인간에 대한 애정에 기초하고 있기에, 마르크스의 입장과 부합한다고 믿었다. ……그럼에도 자신의 내면에 검사보의 의심처럼 어두운 부분이 숨겨진 것은 사실이었다. 학창시절의 어느 순간부터인가였다. 이산은 자신의 두뇌가 동료 학생 그 누구의 두뇌보다 뛰어나다는 것을 느꼈다. 그것은 초등학교 교사였던 아버지의 가정교육 때문만은 아니었으며, 사회주의 규율에 치중되었던 진부한 학교 교육 때문도 아니었다. 어찌 된 일인지, 자신의 영혼이 천성적으로 남들이 고민하지 않는 전혀 다른 차원의 문제에 천착한다는 느낌에 사로잡힌 것이다. 그런 내적인 성찰 앞에서, 자신이 학습한 인간본성 개념과 자신의 신념 사이에 자그마한 틈바구니가 생기는 것을 느끼지 않을 수 없었다.

어느 날 밤엔가는, 마르크스야말로 보통 사람을 초월한 두뇌의 표상이라는 악몽에 사로잡혔다. 이산은 비몽사몽간에, 마르크스가 아니라면 세상의 그 누가 그 어마어마한 저작의 단 한 권이라도 집필할 수 있을까, 그것은 오로지 마르크스처럼 탁월한 인간만이 가능한 일 아닐까, 라며 땀에 흠뻑 젖어 깨어났던 경험도 있었다. 그런데도 놀라운 사실은, 마르크스 본인이 인간이란 선천적으로 평등하다며, 오직 사회적 조건 가운데 인간의 불평등이 심화된다고 주장하고 있었다. ……이산은 자신과 마르크스 사이에 힘겨운 줄다리기가 펼쳐지는 것을 깨달았다. 밤을 지새우는 독서의 나날이 뒤따랐다. 때로는 미쳐버릴 것 같은 광기 가운데 폭음에 젖는 날도 있었다. 그 어느 경우가 되었든, 지능에 관한 질문만큼은 절대 외면할 수 없었다. 지능 연구는 반드시 수행되어야 하며, 미친 과학자의 독단적인 연구여서는 안 되었다. 오히려 철저하게 사회적이며 역사적인 의미를 간직한 연구여야 한다고 믿었다. 그럴 때에야 비로소 자신은 저 따스한 마르크스와 재회할 수 있다고 여긴 것이다.

그는 험난한 불길을 헤쳐나가는 심정으로 연구를 수행해왔다. 그 결과 이토록 고립된 감방에 갇히고 만 것이다. 그럼에도 후회는 없었다. 돌이켜보면 아무런 미련 없이 연구에 몰입해온 지난 세월이 아름답지 않던가. 이곳에 갇힌 육신이란 뼈를 담아놓은 가죽 부대에 불과할 뿐이며, 자신의 영혼은 연구실의 타일 아래 살아 숨 쉬고 있는데, 더 살아 무슨 영화를 누리겠단 말인가. 이산은 자신 앞에 놓인 빈 종이들을 바라보았다. 이반 교수의 모습이 떠올랐다. 그 순수한 분을 팔아넘길 거짓 밀고장을 작성하느니, 세상과 작별을 고하는 것이 낫겠다는 결심을 했다. 이산은 좁은 방의 여기저기를 살폈다. 안타깝게도 사방은 머리를 부딪쳐도 결코 깨어지지 않을 코르크로 덧대어 있었다. 용변을 보는 조그마한 구멍조차 머리를 박을 수 없을 정도로 비좁았다. 대들보가 없는 천장에는 이십사 시간 내내 켜져 있는 전등이 있었으나, 도무지 손길이 닿지 않을 높이였기에, 이산에게는 목숨을 단축시킬 도구로 느껴지지 않았다.

앞에 놓인 종이와 연필을 다시 바라보았다. 이산의 입가에 미소가 흘렀다. 저들은 이산이 인간 두개골과 뇌 조직에 대해 체계적인 지식을 간직하고 있다는 사실을 간과하였다. 뇌막은 연필로도 찢어질 부드러운 조직이었으며, 인간 얼굴 부위에는 두개골을 피해 뇌막을 공격할 지점이 몇 군데 있었다. 이산은 자신의 눈자위를 어루만져보았다. 잠시 뒤 그는 침착하게 연필을 세웠고, 손으로 연필의 아랫부분을 단단히 움켜쥐었다. 자신의 눈자위와 눈동자가 이어지는 부분에 연필 끄트머리를 가져다댄 뒤, 방향을 가늠하고서는 세차게 얼굴을 눌렀다. 연필이 눈알을 찢는 순간 통증이 느껴졌으나 그다음에는 아무런 느낌도 없었다. 이산은 눈자위에서 피를 쏟으며 그대로 쓰러지고 말았다. 연필이 이산의 안와를 뚫고 측두엽에 꽂힌 것이다. 그는 그렇게 피를 흘리며 쓰러진 채 이틀 동안 신음하다가 죽어갔다.

2.

그날 저녁 유진은 밤 열 시 가까운 늦은 시각이 되어서야 집에 돌아왔다. 그는 흙탕에서 뒹군 듯 바지와 웃옷에 진흙

204

이 잔뜩 묻어 있었다. 그는 자신의 모습에는 아랑곳하지 않고 소파에 털썩 주저앉았다. 그의 아내 제인은 남편에게 무슨 심상치 않은 일이 있었던 것을 깨닫고서는, 무슨 일이 있었느냐, 밖에서 전화도 받지 않더라고 물었다. 유진은 잠시 아내를 바라보다가는 아무런 대답도 하지 않고 고개를 돌리더니, 다시 멍한 시선으로 허공을 쳐다볼 뿐이었다.

제인은 우유를 마시겠냐고 물어보았다. 남편은 여전히 정신 나간 사람처럼 아무런 대답도 하지 않았기에, 제인이 부엌에 가서 급히 우유를 데워 왔다. 유진은 마치 악몽에라도 사로잡힌 듯 창백한 표정이었으며, 아내가 가져다준 우유를 힐끗 보았으나, 마실 생각을 하지 않고 우두커니 앉아 있었다. 제인이 유진의 옆에 앉았다. 그녀는 무슨 일이냐, 어디 다친 데는 없느냐며 남편의 팔을 어루만졌다. 그제야 유진은 정신을 차린 듯 아내의 손을 쥐더니, 다른 손으로는 아내의 손등을 쓰다듬으며 눈을 감았다. 그는 생각에 잠긴 채 한동안 있다가는 다시 눈을 떴다. 유령을 만났어. 유령을……. 그가 중얼거렸다. 기나긴 꿈을 꾼 것 같아…….

그날 유진은 평소처럼 여섯 시에 산책을 나갔다. 그는

저녁 식사 후에는 자신의 연구에 관한 여러 구상을 진전시킬 겸 산보를 하는 습관이 있었다. 포토맥 강변을 따라 난 산책로에는 그날따라 사람이 보이지 않았다. 뺨을 스치는 초저녁의 대기가 부드러워 그는 기분이 상쾌했으며 발걸음도 가벼웠다. 멀리 강의 지류가 만나는 지점에 벤치 두 개가 있었다. 그 자리는 오솔길에서 떨어진 한적한 장소였고 전망이 좋았기에, 유진은 언제나 그곳에서 쉬어 가는 습관이 있었다.

자리에 앉고 보니 벤치 저편에 어느 낯선 남자가 앉아 있었다. 분명히 빈 벤치라고 생각했는데 사람이 있다는 사실이 놀라웠다. 유진 또래로 보이는 그 사내는 요즘은 그 누구도 쓰지 않을 구식 중절모를 쓰고 강물을 바라보고 있었다. 강은 막 저물기 시작한 햇살을 받아 금빛 은빛으로 반짝였다. 해 질 때의 강물이 무척 아름답습니다, 하고 옆 자리 사내가 말을 걸어왔다. 그런데 사내가 던진 말이 러시아어였기에 유진은 적지 않게 놀랐다. 러시아어를 쓰시다니 놀랍네요, 하고 유진이 무심결에 러시아어로 화답했다. 그러나 말을 받아놓고 보니 불길한 생각이 스쳤다. 유진의 회사에서 그 어떤 이유에서건 자신에게 정탐을 붙였거나, 협상을 앞둔 K사가 사전 정보를 캐내기 위해 러시아

말에 능통한 사람을 접근시켰을 수 있었다.

저야 러시아 토박이니까요. 선생님은 어떠신지? 혹시 모스크바 아닌지? 낯선 사내가 친근하게 물어 왔다. 모스크바 맞아요. 열두 살 때 아버지를 따라 미국에 왔으니, 저도 토박이라 할 수 있죠. 그나저나 포토맥 강가에서 낯선 사람에게 러시아 말을 걸다니 놀랍네요, 유진은 일상적인 대화를 던지는 듯했지만 마음의 의심이 조금도 가라앉지 않았다. 사내가 자리를 옮겨 유진에게 다가앉았다. 혹시 아버지의 성함이 루진 아닌지? 루진 파블로프 예세닌……? 유진의 예상이 맞았다. 사내는 자신으로서는 상상조차 하지 못했던 남의 가족 정보까지 캐내서 접근해온 것이다. 그렇습니다만……? 어떻게 남의 아버지 이름을 다 아십니까? 유진은 양미간에 힘을 주며 조금은 신경질적인 어조로 캐물었다.

사내가 중절모자를 벗었다. 사내는 머리가 검고 숱이 짙어서 삼십 대나 사십 대라고 여겼지만, 얼굴에는 가느다란 주름이 진 오십 대 후반이거나 육십 대의 중늙은이였다. 혹시 이 모자가 생각나지 않는지……? 하며 사내가 자신의 모자를 유진에게 내밀었다. 그것은 테두리에 노란 깃털이 달린 너무나도 예스러운 모자였다. 바로 이 깃털로 누군가의 콧구멍을 간질였던 기억, 나지 않는지……? 그 사내가 상당히 잘 알고 있다는 듯 친근한 시선으로 유진을 바라보았다. 유진은 무심결에 그 깃털을 다시 보았다. 그 어떤 기억이 날 것도 같았다. 고개를 들어 상대의 주름진 얼굴을 살피는 순간 소스라치게 놀라고 말았다. 그 깃털은 자신이 어린 시절에 손수 뽑아서, 소파에 드러누워 낮잠을 자던 할아버지의 콧구멍을 간질였던, 바로 그 깃털이었기 때문이다.

유진, 날 잊지 않았겠지……? 사내가 다정한 목소리로 물어 왔다. 이럴 수가! 이건 말도 안 돼! 유진은 하얗게 질려서 속으로 외쳤다. 강물이 흐르며 바위 틈바구니로 미끄러지는 소리가 들렸다. 어디선가 딱따구리가 나무를 쪼는 듯 부리로 나무를 딱딱 부딪치는 소리도 들렸다. 세상에는 도무지 설명하기 어려운 일들이 있는 법이었다. 그럼에도 지금 벌어지는 일만큼은 절대 불가능한 것이었다. 저 사람이 나의 할아버지라니! 할아버지는 이미 죽었지 않는가! 유진은 혼란에 빠져서 갈피를 잡지 못한 채 벌어진 입을 다물 수가 없었다. 동시에 그는 혼신의 힘을 기울여 몇몇 가능성을 생각해보았다. 회사가 할아버지 비슷한 인물을 내세워 무언가를 캐내려는 수작일 수 있었다. 그게 아니

208

라면 모레 있을 협상에서 유리한 고지를 점하려는 K사의 술수일지도 몰랐다.

선생님이 제 할아버지와 비슷하지만 그럴 리는 없지요. 유진은 미소를 지으려 애썼다. 제가 이렇게 나이가 들지 않았습니까. 벌써 사십 대라고요. 선생님은 옛날 그대로네요. 실상 제 할아버지야 삼십여 년 전에 돌아가셨거든요. 이젠 세상에 없습니다만, 이게 도대체 무슨 장난인지⋯⋯. 유진이 혼란스럽다는 듯 억지 미소를 지었다. 나로서도 무어라고 설명하기 힘들구나. 정말 오랫동안 너를 만나고 싶었다는 말밖에는⋯⋯. 그 사내가 손수건을 꺼내 자신의 뺨을 어루만졌다. 다만 내가 타일 밑에 노트를 숨겼을 당시 유일하게 생각했던 사람이 바로 너였어. 그 노트가 네 손에 들어가기를 얼마나 바랐던지⋯⋯.

사내는 자신의 말이 진심이라는 듯 간절한 눈빛으로 바라보았다. 너는 유독 실험실을 두려워하지 않지 않았니? 감히 어른도 무서워하는 뇌를 어떻게 너 같은 어린아이가 들여다볼 생각을 했을까? 그때 내가 너에게 뇌를 절개해서 구석구석 설명해주었지? 그 사내는 마치 자신 앞에 어린 소년이 앉아 있는 듯 다정하고 자상한 눈빛으로 말했다. 너는 정말이지 진지한 표정으로 뇌를 살폈지 않니? 바로 그 순간 네가 바로 내 핏줄이구나, 하는 기쁨에 사로잡히지 않을 수 없었어, 하며 사내는 마치 어린아이를 구슬리려는 듯 부드러운 어조로 말했다.

그 이야기를 듣는 순간 유진은 그만 자신의 두 다리가 사라져서 허공에 떠버리는 느낌이었다. 아니 자기 주변의 모든 사물이 흐릿하게 변색하여 자신 홀로 떠 있는 느낌이었다. 돌아가신 아버지를 제외하고는 세상의 그 누구도 실험실의 비밀 노트를 알지 못했다. 유진은 아버지로부터 그 노트를 전달받아 자신의 연구에 활용해온 것이다. 그뿐이 아니었다. 자신이 여덟 살 때 할아버지의 연구실을 찾았다는 것과, 할아버지가 해부용 칼로 뇌를 절개하며, 봐라. 여기가 바로 숨을 쉬거나, 심장이 콩닥콩닥 뛰거나, 하는 역할을 담당한단다, 라거나, 여기 이곳은 깜짝 놀라거나, 너무나 무서울 때, 인간을 잔뜩 긴장하게 해주는 부분이야……, 라며 곁에 선 어린 자신에게 뇌의 여러 부위를 상세히 설명해주었던 일은 오직 할아버지와 자신만의 비밀이었으며, 그 기억은 지금 이 순간까지도 뇌리에 생생이 새겨져 있었다. 이 사람은 할아버지가 맞아! 그런데 어떻게 이런 일이! 유진은 쓰러질 것만 같았다.

뇌를 연구한다고 들었어. 그게 진짜니? 그게 사실이라

면 할아버지가 인생을 헛산 게 아니네, 그 사내는 바로 어린 시절에 할아버지가 그랬듯 유진의 손을 쓰다듬으며 물어왔다. 저더러 믿으라고요? 어떻게 이런 일을 믿죠? 유진은 손을 빼며 고개를 세차게 흔들었다. 아니 왜 이런 일이 벌어져야 하는 거예요? 저는 절대로 믿지 않겠어요! 이게 도대체 무슨 장난이야! 소리치며 유진은 자신의 머리카락을 감싼 채 몸을 웅크렸다.

유진은 완벽한 혼란에 빠져 있었다. 그렇다고 그가 상대를 의심하는 것은 아니었다. 그 사내는 분명 돌아가신 할아버지가 맞았다. 그런데 할아버지가 생생하게 살아 움직이는 실물로 나타난 사실만이 그를 혼란스럽게 하는 것은 아니었다. 진짜 혼란은 다른 데 있었다. ……유진이 할아버지의 비밀 노트를 자신의 아버지로부터 전달받은 것은 바로 미국으로 이민 오기 직전이었다. 당시만 해도 유진은 너무 어려서 그 노트를 이해할 수 없었거니와, 주의 깊게 살필 수도 없었다. 그랬던 그가 그 노트를 다시 펼쳐든 것은 의과대학의 학위 과정에 들어설 무렵이었다.

노트는 뇌에 관한 너무나도 심오한 진실을 담고 있었다. 그는 찬탄하지 않을 수 없었다. 그날 이후 유진은 그 노트의 수인이 되었다고 해도 과언이 아니었다. 그의 하루하루는 그 노트의 비밀을 밝혀나가는 탐사의 순간으로 바뀌었으며, 때로는 끝이 보이지 않는 사막을 헤매는 기분이기도 했고, 때로는 사막에서 오아시스라도 발견한 듯 달콤한 희열에 들뜨기도 했다. 유진이 마침내 두뇌 연구 분야에서 각광받게 되고, '지능기계'를 발명하게 되기까지 결정적인 역할을 했던 것도 바로 이산의 비밀노트였다.

그럼에도 이산 파블로프 예세닌이라는 존재는 과학계에서 완전히 잊힌 인물이었다. 그에게 그런 놀라운 유품이 있다는 사실은 아예 알려지지 않았으며, 그 노트를 유진에게 전달해준 아버지조차도 그것의 중요성에 대해서라면 아무것도 알지 못했다. 유진은 그 노트를 아예 없던 것으로 치부해버렸다. 그러자 모든 일이 순조롭게 풀려나갔다. 유진은 자신의 연구가 오로지 자신만의 업적인 양 학회에서 발표해왔으며, 지능기계도 상당 부분 이산의 연구에 힘입었으면서도 이를 완벽하게 숨길 수 있었다. 따라서 지금 유진이 겪는 혼란이란 갑작스럽게 나타난 할아버지 앞에서 자신의 비밀이 탄로 날까 두려워 느끼는 당황스러움이었다.

지능기계라고 했던가? 사람의 두뇌를 측정하는 기계니? 할아버지가 유진의 발명품에 대해 넌지시 물어보았다. 유진이 놀라서 할아버지를 바라보았다. 할아버지가 그 기계를 알고 있단 말인가? 아니 어떻게 삼십여 년 동안 죽었던 인물이 지능기계에 대한 지식을 가지고 이 땅에 나타났단 말이야? 유진은 새로운 충격으로 온몸의 피가 마르는 느낌이었다. 그럼 정말로…… 저를 찾아서 배회하셨다는 것이…… 사실이에요……? 유진은 하얗게 질려서 말을 더듬었다. 그랬지. 이렇게 만나서 얼마나 다행인데……, 하며 할아버지는 손자를 만난 것에 더없이 뿌듯해하는 표정이었다.

유진은 잠시 눈을 감고 지금 이 순간이 환각이거나 섬망 현상 아닐까 상상을 해보았다. 그러나 다시 눈을 뜨자 자신 앞에 한없이 다정한 미소를 짓는 할아버지가 앉아 있었다. 유진은 입을 굳게 다문 채 생각에 잠겼다. 그렇다면 할아버지는 자신의 비밀을 알고 있지 않을까? 모를 리 없었다. 그 기계는 바로 할아버지의 연구에 최근 기술을 접목한 것이었으니까. 유진은 곁눈질로 할아버지의 표정을 살폈다. 할아버지는 자신을 책망하거나, 무언가를 따지려는 기색은 전혀 아니었다. 오직 사랑스러운 손자와 재회한 사실에 가슴 벅차 하는 표정뿐이었다. 아무리 생각해도 지난 일을 언급하지 않을 도리가 없었다. 할아버지에게 사실을 털어놓고 사죄하는 것 이외에는 다른 방법은 보이지 않았다.

한 가지 알려드릴 일이 있어요. 유진은 벤치에서 일어서며 침울한 어조로 중얼거렸다. 이것은 사과를 드릴 일이에요, 할아버지…… 유진은 마침내 상대가 자신의 할아버지인 것을 받아들였다. 이산은 조금 당황한 듯했지만 한층 표정이 밝아졌다. 그 기계의 발명은 바로 할아버지의 노트 덕분이었어요. 그 노트가 제게 엄청난 영감을 주었거든요. 유진은 무슨 말인가를 이어나가려다가 머뭇거렸다. 사실 그 노트가 아니었으면…… 정말이지 그 노트가 아니었으면……, 하더니 유진은 이산 앞에 무릎을 꿇고 말았다.

이러지 마라! 어서 일어나! 이산은 유진에게 손을 내밀었다. 유진은 그 손을 붙잡고 고개를 수그렸다(아, 얼마나 오랫동안 나는 할아버지에 대한 열등감에 시달려야 했던가. 내 연구가 온전히 내 것이 아닌, 할아버지에게 빚진 것이라는 사실로 괴로워했어). 나쁜 뜻은 아니었어요. 그 노트에 대해 알리지 않은 것뿐이죠. 그 누구에게도…… 하나 어쩔 수 없었어요. 정말 어쩔 도리가 없었다고요…… 유진은 흐느끼고 있었고, 오직 용서를 구하는 마음뿐이었다. 미안해요, 할아버지…….

이러지 말래도! 이산이 다급한 목소리로 손자를 달랬다. 사위는 어두워져 있었다. 유진은 이산의 무릎을 붙잡고 고개를 수그렸고, 이산은 유진의 등을 손으로 쓸어주었다. 괜찮다. 어서 일어나라. 마침내 이산이 유진의 어깨를 붙잡아서 일으켜 세웠다. 그는 손으로 벤치를 두드리며 손자더러 옆에 앉으라고 권유했다. 그러고서는 손자를 다정하게 끌어안았다. 얘야, 네가 내 노트를 발견해주어 얼마나 기쁜 줄 아니. 이산이 어린 손자를 다독이듯 유진의 어깨를 쓸며 위로했다. 내가 못다 한 연구를 내 사랑스런 손자가 이루었잖니. 어느새 해는 사라져서 숲은 캄캄해졌으며, 멀리 오솔길의 가로등이 저녁의 산책로를 밝혀주고 있었다. 어두워진 숲에는 다람쥐나 오소리 같은 자그마한 물체가 바스락거리는 소리만이 신비스럽게 울리고 있었다.

솔직히 할아버지는 놀라운 분이세요, 유진이 말했다. 어떻게 자기공명기도 없고 활성자기공명기도 없던 그 시절에 그런 놀라운 연구를 하실 수 있었나요? 어떻게 회백질의 밀도며, 뉴런의 호르몬 전달 속도가 지능과 관련이 깊다고 생각하실 수 있었는지…… 정말이지 저로서는 상상조차 할 수 없는 일이거든요, 유진은 내면에서 우러나는 존경심을 담아 이야기했다. 네가 알아주어 다행이다. 나는 오직 한 사람, 너만 알아주면 그만이야, 할아버지가 오묘한 미소를 띤 채 대답했다. 유진은 할아버지가 스스로의 명예에 대해서는 초탈해버렸다는 사실을 깨달았다. 그런 만큼 자신의 죄책감 또한 가벼워지는 느낌이었다. 그와 동시에 기분이 한결 홀가분해지며, 예전에 비밀 노트를 읽던 당시의 할아버지에 대한 존경심이 새로이 밀려드는 것을 느꼈다. 그 척박했던 소련에서 도무지 불가능한 연구를 수행한 분. 그럼에도 정권의 가혹한 탄압 아래 죽음을 택할 수밖에 없던 분. 유진은 깊은 감흥에 사로잡혀 할아버지의 온기와 숨결을 고스란히 들이켜고 있었다.

이산은 이산대로 손자와는 다른 감상에 젖어 있는 듯했다. 그는 손자의 어깨를 다독이며 흐뭇한 미소를 띤 채 옛시절을 회상하고 있었다. 손자가 여덟 살이었을 때 자신이 뇌를 절단해가며 차근차근 설명해주자, 손자는 그 자그마한 입술을 달싹여, 각 부위의 명칭과 기능을 외우려 애쓰지 않았던가. 그 아이가 이렇게 커서 내 옆에 앉아 있다니……, 하는 애정의 물결이 이산의 눈동자에 그득히 고이고 있었다.

다만 한 가지…… 맺힌 한이 있다……, 이산이 나지막한 어조로 내뱉었다. 유진은 그것이 무엇이냐는 표정으로 이산을 살폈다. 심문을 받을 때였어. 저들은 차이와 차별을 구분하지 못하였거든. 지능 차이의 연구가 사람을 차별하는 사악한 짓이라고 몰아붙였지. 너도 알지 않니. 공화국에서의 모든 차이 연구는 인간을 차별하는 부르주아 과학 취급을 받던 일을……. 이산은 우울한 표정이 되어 긴 한숨을 내쉬었다.

지능 차이를 탐구하는 내 연구가 높은 지능을 찬양하고, 낮은 지능을 멸시하는 짓이라니! 이산은 말도 안 된다는 듯 뺨을 반복적으로 쓸어내리며 쓴웃음을 지었다. 하나 알고 있나? 내가 지능 차이를 연구했던 목적이 정반대였다는 사실을? 나는 높은 지능을 찬양하거나, 높은 자를 더 높이기 위해서 그랬던 것이 결코 아니었거든. 이산은 답답한 듯 자리에서 엉거주춤 일어서려 했으나, 갑자기 쏟아진 기침 때문에 주저앉고 말았다. 기침이 가라앉았을 때 그는 다시 입을 열었다. 나는 낮은 지능을 개선하기 위해 연구해왔다. 그게 바로 과학을 하는 이유라고 믿었던 거야. 세상을 조금이라도 더 살기 좋은 곳으로 만들려고 말이지. 이산은 확신한다는 듯 입술을 굳게 다물고서는 유진의 무릎을 어루만졌다. 그럼에도 그의 눈빛은 대체로 어두웠으며 어딘지 모르게 슬픈 기운이 감돌았다.

얘야, 알프레드 비네라는 프랑스의 학자 알지. 이산이 슬픔을 떨치려는 듯 미소를 지으며 유진에게 물었다. 유진은 열정적으로 고개를 끄덕였다. 알프레드 비네가 아이큐를 고안했던 당시에도, 그는 지능지수가 낮은 사람을 도울 목적이었지 않니. 그런데 세상이 그를 오해했다. 사람들은 오직 지능이 높은 소수에게 열광했거든. 높은 지능의 소수에게 온갖 편의와 혜택을 제공해주며, 천재가 주인공인 세상을 만들고자 열을 올렸어. 이산은 시선을 아래로 떨어뜨린 채 강물을 바라보았다. 강 건너 숲의 외떨어진 가로등 불빛이 그 아래 흐르는 물결을 은회색으로 비추고 있었다. 알프레드 비네가 진짜 공을 들이고자 했던 낮은 지능의 사람들은 경멸당하거나 무시되기 일쑤였지. 이 얼마나 역설적인 일인가! 이산은 안타깝다는 듯 고개를 흔들다가 두어 번 마른기침을 내뱉었다. 그는 손수건을 꺼내더니 자신의 입언저리를 조심스럽게 닦았다.

　이제 사랑하는 손자에게 묻고 싶구나. 그는 손수건을 포개어서 호주머니에 넣으며 말했다. 너는 너의 연구가 어느 방향으로 쓰여야 한다고 믿고 있니? 혹시 네 연구에 목적이랄 게 있다면 말이다. 이산이 의미심장한 눈빛으로 유진을 바라보았다. 부자? 똑똑한 사람? 아니면 약자? 소외된 사람? 이산이 제기한 문제는 심각한 것이었다. 유진은 자신이 뜻밖의 갈림길에 선 것을 깨달았다. 그러나 다시 생각해보니 그다지 심각한 것이 아닐 수도 있었다. 유진은 모호한 미소를 띤 채 강물 방향을 응시했다. 제가 요즘 협상을 벌이려는 회사가 있긴 있지요. 그 회사는 저희에게 거금을 대주고, 우리는 그 회사가 벌이려는 사업을 뒷받침하는 관계에요. 그 회사는 지능이 높은 사람에게도 관심이 깊지만, 이윤의 일부는 약자를 위해서 쓸 거예요. 그런 방식이 요즘 적지 않은 회사의 관행이거든요. 유진은 자본주의의 원리가 이해되느냐는 듯 미소를 띠고 할아버지를 바라보았다.

너는 지금 회사를 지나치게 믿는 것 같구나. 그런데 '지능'이라는 게 그렇게 간단한 사안이 아니지 않니, 이산은 걱정스런 얼굴로 반박했다. 한번 생각해봐. 알프레드 비네는 약자를 위해 아이큐를 사용해야 한다는 집념이 너나 나보다 약했을까? 왜 그의 연구가 약자를 돕는 일에 쓰였다기보다는, 지능이 높은 자의 실험에 온통 집중되고 말았을까? ……그건 그만큼 사람들의 관심이 그쪽 방향으로 쏠렸던 탓 아닐까? 나는 이번에 네가 발명한 지능기계에 대해서도 비슷한 일이 벌어지지 않을까 두렵구나. 이산은 걱정스런 표정으로 나무 둥지 저편의 은회색 물결을 바라보았다.

이산의 걱정은 정곡을 찌르는 측면이 있었다. 지능기계는 백여 년 전의 아이큐 테스트와 비슷한 점이 여럿 있었다. 둘 다 어마어마한 사회적 관심의 대상으로 부각되었다는 사실이 그 하나였다. 또한 이산의 설명처럼 온갖 사람의 소망이, 예전의 아이큐 테스트에 그랬듯, 요즘 지능기계에도 강렬하게 투영되고 있었다. 그럼에도 지능기계는 아이큐 테스트와는 비교할 바 없는 정확성을 가지고 두뇌를 계측해내는 장치였다. 아이큐 테스트는 종이 위에 답을 써내는 시험지에 불과했다면, 지능기계는 뉴런지도와 확산분광법을 이용해 인간 두뇌의 논리력과 분석력을 계측해낼 뿐 아니라, 두뇌의 창의성이며 인내심, 독창적 시야까지 측정해내는 장치였다. 따라서 이 기계는 무궁무진한 쓰임을 가졌으며, 이를 노리는 투자회사는 이 기계를 이용하여 회사 직원을 선발하는 데 사용하거나, 회사 임원의 고액 연봉 근거를 추산해낼 방법을 실험하고 있었다.

지금 계약이 임박한 K사는 이 기계를 활용하여 극소수 탁월한 청소년을 선발하려 하고 있었다. 그들에게 특수교육을 집중시킬 경우, 그들 탁월한 소수는 보통 사람 수만, 아니 수십만을 먹여 살릴 천재로 발돋움할지 몰랐다. 그런 인재의 선발 기능이야말로 이십일 세기를 열어갈 지능기계의 방향이자, 기업 성공의 지름길이 아닐까. 그런데 비참하리만치 가난했던 사회주의 시대에서 나타난 할아버지가 기계의 선용을 주장하다니……. 유진은 무심결에 우울한 표정을 짓고 말았다.

애야, 내가 걱정하는 것은 먼 앞날이야, 이산이 손자의 어깨를 어루만지며 말했다. 지능기계는 사람 사이의 지능 격차를 키울 수도 있다. 강한 사람, 똑똑한 사람을 위해 쓰인다면야 당연히 그렇겠지. 이와 반대로 사람 사이의 간격을 줄일 수도 있어. 알프레드 비네처럼만 사용한다면……. 어떤 미래가 바람직한 것일까? 인류는 어떤 미래로 나아가야 행복할까? 이산은 마치 먼 미래를 바라보듯 시선을 허공으로 향하며 중얼거렸다. 이산의 지적에 유진은 마음이 불편해졌다. 그는 평소 할아버지가 지능에 대한 탁월한 개척자라는 사실에 가슴 뿌듯해했다. 자신은 바로 할아버지의 연속선상에서 지능기계를 발명해냈다고 믿었다. 그런데 뜻밖에도 기계의 이용과 관련하여 할아버지와의 의견 차이가 크다는 사실을 깨달았다. 사회적 대세를 따르는 자신과 달리, 할아버지는 그 어떤 외골수적인 집념을 가지고 반대 의견을 표명하고 있었다. ……그럼에도 다시 생각하자, 할아버지가 냉전의 끝자락을 살았던 분이라는 사실이 떠올랐다. 마음 한편에서는 할아버지의 심리가 이해되었으면서도 유진의 마음은 씁쓸해졌다. 돌이켜보면 소비에트 공화국이 패망한 이유도 바로 지금 할아버지가 강조하듯, '인류의 화합'이라든지 '지능 평등' 같은 추상적인 목적을 인민에게 주입시키려던 오류 때문이었다. 사람들은 결코 그런 고상한 목표를 추구하며 살아갈 수 없는 존재였다. 자신의 회사만 보아도 이는 분명했다. 회사 직원 가운데 누가 '지능 평등'을 원할까. 그들이 바라는 것은 차라리 인수 합병의 성공 아닐까. 그 경우 회사의 주식 가치가 백 배, 백오십 배 폭등할 것이며, 직원들은 옵션으로 받아놓은 주식을 엄청난 가격에 되팔 수 있으리라. 그 돈으로 수영장이 딸린 넓은 전원주택을 구입하거나, 페라리를 몰거나, 주말이면 요트 여행을 떠날 희망에 부풀 것이다. 인간이 거의 대부분 그토록 개인의 이익에 골몰하는 존재인데, 사회의 화합이라니! 지능 격차를 줄이자니!

내가 부탁하는 일이 쉽지 않다는 것을 안다. 이산은 유진의 무릎을 토닥이며 부드러운 시선으로 손자를 바라보았다. 하나 역사는 먼 미래를 내다보는 안목을 가진 시선에 의해 움직여왔지. 이산이 의미심장하게 덧붙였다. 유진은 할아버지가 단호하다는 것을 느꼈다. 그런데 그 단호함이 대개의 사람과는 정반대의 방향이었다. 보통 사람이라면 자신의 부나 명예를 최고로 중요하게 여겼을 것이다. 그런데 지금 자신의 무릎을 어루만지는 할아버지는 그런 것에는 아무런 관심이 없으며, 지능 격차의 완화나 세상의 화합 같은 추상적인 가치에 몰두해 있었다. 유진에게는 그런 할아버지가 고결하게 느껴지기도 했지만 다소 답답하고 생경했다. 그럼에도 할아버지가 그렇게 간절하게 호소하는 데에는 이유가 있다고 느꼈다. 할아버지는(기계에의 소유권을 주장하는 것은 아니었지만,) 기계에 대한 발언권이 있다고 여기는 것 같았다. 기계의 개발 과정을 잘 알고 있는 유진으로서는 그런 할아버지의 권리 의식을 부인할 수만은 없었으며, 어떤 식으로든 존중해야 한다고 믿었다.

실은 제가 미국에 와서 배운 게 있거든요. 존 롤스라는 철학자의 사상이죠. 유진은 이산의 요구에 부응해주기로 작정했다. 그분이야 비록 사회주의자는 아니었지만, 세상의 강자와 약자 문제에 천착했던 이였거든요. 사회의 정책도 그렇고, 과학기술의 사용도 그렇고, 가능한 한 약자를 존중하는 방향으로 실행되어야 한다고 주장했어요. 존 롤스? 이산이 되물었다. 그 사람 참 제대로 된 철학자 같구나. 그는 안도하는 표정을 지었다. 그래요. 할아버지가 그분을 아셨더라면 매우 좋아했을 거예요. 유진은 이산의 마음을 이해한다는 듯 눈빛을 반짝이며 말했다. 할아버지가 던진 문제는 너무나 소중한 사안이에요. 어찌 됐든 할아버지는 지능기계의 앞날에 대한 분명한 권한이 있으시잖아요. 제가 가슴 깊이 새기지요. 맹세할게요, 하며 유진은 자신의 손을 내밀었다. 지능기계의 사용에 있어서 선의의 편에 서겠습니다. 할아버지의 뜻을 결단코 거스르지 않아서, 기계의 선한 사용을 이루어내겠어요, 유진이 선언하자 이산이 기뻐하며 그를 껴안았다.

　이제 헤어져야 할 시간이 가까워졌구나. 내 말 잘 들어라. 나는 네 영혼 속으로 들어가련다. 그러면 우리는 하나가 되겠지. 이산이 유진의 양어깨를 어루만지며 눈물이 고인 시선으로 바라보았다. 아니, 할아버지는 이미 제 안에 들어와 있는 걸요. 유진은 자신의 말이 진심이라는 듯 이산의 손을 다정하게 쥐었다. 그래, 내 사랑하는 손자. 이산은 다시 한번 유진을 포옹하며 양 뺨에 입을 맞추었다. 잘 있어라. 그는 손을 흔들며 어둠 저편으로 멀어져갔다. 이산과 헤어지고 나자 유진은 몸의 힘이 빠져나가 벤치에 주저앉고 말았다. 피로가 몰려들었다. 할아버지와의 대화가 결코 가볍지 않은 무게로 느껴지며, 일평생만큼이나 길게 여겨지던 순간에서 벗어나서, 현재의 자신, 허탈하리만치 홀가분한 자신으로 돌아온 것에 안도했다.

유진은 무심결에 팔을 쓸어보았다. 할아버지가 입술을 맞추었던 뺨도 어루만져보았다. 따스한 살결의 촉감이 느껴지며 자신이 꿈을 꾸었던 것은 아니라는 것을 깨달았다. 잠시 몽롱한 기분에서 벗어난 뒤에야 할아버지와 함께였던 순간이 되살아났다. 자신에게 있어서 할아버지는 단순한 망자는 아니었다. 그분은 두뇌연구 분야에서 미지의 영역을 개척해낸 선구자였으며, 자신의 발명에 비옥한 토양을 제공해준 든든한 버팀목이었다. 유진은 이산이 사라져 간 숲을 바라보았다. 저 어둠속으로 할아버지가 사라졌다고 생각하자 온갖 복잡한 감정이 밀려들었다. 유진은 무어라고 형언하기 힘든 기이한 느낌에 사로잡혀 이산이 앉았던 벤치를 매만져보았다. 할아버지와의 대화가 하나같이 인상적이었지만, 그 가운데에도 자신의 명예를 하찮게 여기며, 자신의 과학만큼은 공동체를 위한 것이어야 한다는 주장은 뜻밖이었다. 비록 이산과 자신은 피로 연결된 혈육일지 모르지만, 자본주의와 사회주의라는 다른 자궁이 길러낸 이질적인 존재인 것 같았다.

벤치에는 이제 그 누구의 자취도 남아 있지 않았다. 차츰 제정신으로 돌아오며, 유진은 이산과의 만남이 꿈결처럼 희미하게 느껴지기 시작했다. 아니 어쩌면 그는 다시 현실 감을 되찾아 원래의 자신으로 돌아오기로 작정했던 것일지 모른다. 가로등 불빛을 따라 발걸음을 옮기며 유진은 냉정한 기분을 되찾아 방금 전의 맹세를 돌이켜보았다. 할아버지와의 약속은 지켜야 한다고 믿었다. 그 순간 떠오른 것이 모레 있을 K사와의 최종 담판이었다. 협상 과정에서 약자를 위한 기계의 선용을 계약 조건으로 요구해야 할 것 같았다. 물론 세부 사안이 K사 입장에서 받아들이기 힘든 까다로운 것이어서는 안 된다. K사가 수용할 수 있도록 사전에 문구 조정을 해놓으면 일은 순조롭게 풀릴 것 같았다.

유진은 K사 임원들의 얼굴을 떠올려보았다. 그들 하나하나는 대체로 뛰어난 사회성을 간직하고 있으며, 회사의 사회적 기여에 대해서도 적극적인 편이었다. 잘될 것이다, 잘될 것이다, 되뇌며 유진은 가로등을 스쳐 지나갔다. 그런데 문득 이질적인 무언가가 느껴졌다. 그것은 상한 음식을 삼킨 뒤 시간이 흐를수록 거북하고 속이 뒤틀리는 것과 비슷한 느낌이었다. 유진은 할아버지뿐 아니라 스스로를 속이고 있었던 것이다. 계약서의 항목이 어떤 내용이건, K사에게는 낮은 지능의 소유자란 궁극적인 관심의 대상이 아니며, 다만 도와주는 체하는 생색내기의 대상일 따름이었다. 이와 반대로 K사는 오직 영재에 대한 집중 투자를 벌여, 그들이 주인공이 되는 세상을 만들려 애쓸 게 틀림없었다. 결국 K사와의 계약으로 약자를 돕는다는 희망은, 계약서에 삽입한 그럴듯한 문구 하나로 할아버지와의 약속을 지켰다는 겉치레에 불과할 터였다.

유진은 희뿌연 빛을 발하는 강물을 바라보며 자신의 서약을 되새겨보았다. 내가 했던 맹세가 그 심각했던 순간을 회피하려던 거짓이었을까? 헷갈렸다. 잠시 뒤 유진은 고개를 흔들어 이를 부인했다. 지금 이 순간 자신의 발아래 밟히는 잔돌들의 달그락거리는 소리가 마치 할아버지와의 긴밀했던 대화처럼 느껴지듯, 유진은 아직도 자신이 할아버지와의 만남에서 완전히 벗어난 것은 아니라는 환각에 사로잡혔다. 문제는 K사나 K사와의 협상 따위가 아니었다. 바로 자신과 이산 사이에 존재하는 심연이 문제였던 것이다…….

할아버지는 지능 격차가 완화되는 미래를 염원하고 있었다. 그것은 비네도 마찬가지였으리라. 그럼에도 유진 본인은 그런 미래를 꿈꾸어본 적이 없으며, 그런 미래란 도무지 불가능하다고 여기고 있었다. 어떻게 이런 차이가 빚어진 것일까? 유진은 편백나무 아래에 멈춰 서서 둥지에 손을 기댄 채 의문에 사로잡혔다. 아무래도 세 사람이 살았던 시대 분위기가 달랐던 탓 아닐까? 알프레드 비네가 살았던 프랑스만 해도 적지 않게 혼란스러운 시절이었다. 프랑스혁명이 여러 차례에 걸쳐 성공과 실패를 거듭했으며, 사회는 진보와 보수로 양분되어 극렬하게 대립하고 있었다. 그런 조건에서 비네는 약자 편에 섰던 것이다. 할아버지를 둘러싼 상황은 더 극단적이었다. 세상이 동구권과 서구권으로 나뉘어 냉전 중이었으며, 비록 그 지독한 공산정권의 오해와 핍박을 받았지만, 할아버지는 지능 격차의 완화를 갈망했던 신념가 중에서도 신념가였다.

너는……? 유진이 나무껍질을 거칠게 움켜쥐며 스스로에게 질문을 던졌다. 유진 자신은 이념갈등이라곤 사라진 자유로운 세상에서 살고 있었다. 새로운 세상에서 세계의 모습은 예전과 백팔십 도 달라졌다. 경제성장의 원동력이 지식에 달렸음을 깨닫게 된 것이다. 그 가운데에도 창의적인 지식만큼이나 각광받는 것도 없었다. 요즘 젊은이들은 하나같이 스스로의 지적인 개발에 열을 올리고 있었고, 어린 아이조차도 지능의 소중함을 깨닫고, 그 경쟁에서 뒤지지 않으려 안간힘 쓰고 있었다. 이런 사회 분위기 속에서 지능의 개발이나 그 활용은 가능성이 무궁무진했다. 회사임원진의 연봉이 천문학적으로 올랐다고는 하나, 아직 지적인 미개척지가 너무 많았다. 지능기계는 인간정신의 미개척 영역을 발견해내는 데 크나큰 기여를 할 것이며, 그런 기계의 활약에 발맞추어 세상의 연봉 격차는 더 커질 수밖에 없었다. 자신은 비록 할아버지 앞에서 존 롤스를 예찬했지만, 실은 오래전에 마르크스의 시대가 저물었듯, 존 롤스의 사상 또한 이번 세기에는 더 이상 통용되지 않고 있었다.

그렇다면 자신이 할아버지를 속인 것일까? 유진은 가슴에 통증을 느꼈다. 그것은 사실일 수도 있었고 아닐 수도 있었기 때문이다. K사와 적절하게 타협하여 계약을 체결한다거나, 존 롤스의 사상을 떠벌였던 것은 엄연한 기만이었다. 그럼에도 자신은 할아버지와 단순한 혈육 이상의 유대를 맺고 있었으며, 열등감에서 기인한 것이건, 부채의식에서 기인한 것이건, 어떻게든 맹세를 지켜야 한다는 책임을 느꼈다. 유진은 희미한 불빛을 따라 다시 외길을 걷기 시작했다. 그러면서 할아버지가 끌려갔을 KGB의 비밀감옥을 상상해보았다. 그 얼마나 가혹하고 잔인한 환경이었을까? 그 고독한 장소에서 자살을 선택할 수밖에 없었던 할아버지의 마지막 나날을 상상하자 가슴이 아려왔다. 이와 달리 자신은 부유한 이들이 모여 사는 포토맥 강변의 숲길을 걷고 있었다. 강물이 언덕 언저리를 달콤하게 핥고 있고, 편백나무의 향기가 전신을 부드럽게 감싸는 이 지역은 버지니아에서 최고의 상류층이 모여 사는 축복받은 땅이었다. 아주 잠깐이었지만, 유진은 할아버지의 명예를 회복시켜 드릴까, 하는 고민에 빠지기도 했다. 그 방법이야 간단했다. 비밀 노트의 진실을 과학계에다 밝히면 그만이었다. 그런데 그 일은 자신이 공들여 쌓아온 삶 전체를 진창 속에 내던지는 짓이나 마찬가지였다. 유진은 그것이 절대 불가능하다는 생각에 고개를 젓고 말았다.

수풀을 헤쳐 나아가며 유진의 신경은 점차 팽팽하게 곤두섰다. 그의 시야는 현미경으로 뇌 수술을 할 때처럼 섬세해졌으며, 그의 두뇌는 점차 속도가 빨라지는 기계 바퀴처럼 숨 가쁘게 돌아가고 있었다. 유진은 이산의 노트에 묘사된 수많은 구절들을 돌이키고 있었다. 그 가운데에도 뉴런의 신경 물질 분비량과 포도당의 분해 속도 사이의 관계를 묘사한 수식은 온몸에 전율을 일으키는 백미 중의 백미였다. 이를 베껴 학회에서 발표했던 예전 일을 생각하자 수치심이 일어 뺨이 떨렸다. 아무튼 그런 행위를 했던 자신은 지금 이토록 풍요로운 삶을 누리는 반면, 자신보다 서너

배 커다란 영광을 누렸어야 할 이산 파블로프 예세닌은 그 차갑고 황량한 감옥 바닥에서 삶을 마쳤다는 사실에 가슴이 오그라드는 듯했다.

유진은 어느새 집이 아니라 어딘가로 무작정 걸어가고 있었다. 그럼에도 지금 이 문제를 해결하지 않고서는 어디에도 갈 수 없을 것 같았다. 그는 평생 단 한 번도 들어서본 적 없는 새로운 세상으로 발길을 옮기듯 수풀을 헤치며 나아가고 있었다. 나뭇가지 가시에 팔을 긁혔다. 덤불이 앞을 막아 발로 밟거나 손으로 밀치며 걷기도 했다. 언뜻 생각해보니 이산은 손자를 찾으려 무려 삼십여 년의 세월을 떠돌았다고 했다. 그는 손자가 지능 연구자인 것과 지능기계를 발명한 사실까지 알고 있었다. 혹여 그 기간 아무런 생각 없이 세상을 떠돈 것이 아니며, 세상의 흐름과 온갖 문제를 고뇌했더라면, 이산의 주장은 단지 사회주의자의 아집이 아니라, 미래에의 전망을 담은 소중한 것일지 모른다는 생각이 스쳤다. 그것은 일시에 눈앞이 밝아지는 거대한 번갯불의 번뜩임과도 같았다. 자신이 걷고 있던 숲 전역이 밝아지며, 이와 함께 지능기계의 향방이 전적으로 네게 달렸다던 이산의 목소리가 허공으로부터 울려오는 듯했다.

그 주장은 진실이었다. 유진이 원한다면, 그 기계는 소

외된 사람을 위해 쓰이거나, 지적으로 열등한 이들을 위해
쓰일 수 있었다. 그 같은 기계의 사용은 예전에는 전혀 생
각해본 적이 없었기에 혼란스러웠으나, 지금 이 순간만큼
은 신선하게 다가오고 있었다. 거대 회사의 자본은 필요하
지 않았다. 여느 시민 단체와 연계하여 보통 학생들의 지
능을 계측해내며, 그들 가운데 지능이 낮거나, 문제가 있
는 이들을 위해 더 엄밀한 측정을 하여, 그 원인을 밝혀내
는 데 기계가 활용되면 그만이었다. 유진은 비탈진 언덕에
주저앉았다. 아니 주저앉았다기보다는 갑자기 밀려든 수
많은 생각과 과거에 해본 적 없는 고민에 겨워 쓰러졌다는
표현이 맞으리라.

그는 아예 풀밭에 드러누워 가쁜 숨을 헐떡이고 있었다.
밤하늘에 무수한 별들이 반짝였다. 그 가운데에도 선연하
게 두드러져 보이는 별이 있었다. 북극성일까? 왜 지금까
지 이 생각을 하지 못했던 것일까? 유진은 스스로를 책망
했다. 이산은 사회주의가 잉태한 영혼 같았지만, 엄밀히 따
져보면 그 반대였다. 이산은 철저하게 사회주의로부터 소
외되었으며, 완강한 힘으로 이에 맞서 온몸이 부서질 정도
로 처절하게 이를 극복하려던 인물이었다. 그런 이산의 본
모습이 선연하게 느껴지며, 그가 던졌던 말의 의미가 생생

하게 다가왔다. 얘야, 우리는 세상과 승부를 벌이고 있구나. 나는 나를 포위했던 화석화된 사회주의하고……. 너는 너를 포위하고 있는 막강한 자본의 힘하고……. 그 말을 들었던 당시에는 아무 느낌도 없었다. 그냥 흘려들었던 것이다. 그러나 이제 그 말의 의미가 새삼 자신을 잠식해오고 있었다. 소파에 앉은 어느 평온한 소녀가 중력과 척력, 생명력과 진화적 힘의 복합적인 영향 아래 놓여 있듯, 유진 자신은 온갖 사회적인 힘의 영향을 받고 있었다. 그것은 자신에게 쏟아지는 세인의 관심이나 찬사이기도 했으며, 직장 사람들이나 주주의 욕망의 들끓음이기도 했다. 동시에 자신의 내부로부터 치미는 기업가라든지 정치가 같은 사회 상류층과 일체를 이루고 싶다는 갈망의 표출이었다.

이산은 무수한 힘의 압박 가운데에서도 늘 엄정한 시선으로 어떤 것이 올바른 방향일까를 고민했으리라. 그런 고민이야말로 이산이 강조했던 역사적이고 사회적인 책임감에서 우러난 것이었다. 유진은 할아버지와는 달랐다. 그 어떤 근원적인 고뇌 없이 지능 연구를 해왔다. 그는 자신에게 영향을 끼치려는 자본의 손놀림에 너무나도 쉽게 나부끼고 말았다. 그러나 더 이상은 아니었다. 자신도 그 무수한 힘에 시선을 주어야 한다. 그 힘들의 의미와 방향, 가치까지 숙고해서 세심한 취사선택을 해야 한다. 그런 삶의 전환은 어쩌면 자신이 속하고 싶고 유대를 느끼려던 상류층과는 멀어지는 길이며, 거꾸로 자신이 멀리했거나 거들떠보지 않았던 이들과 가까워지는 길일지 몰랐다. 그러나 상관없었다. 오직 미래를 고민하는 사람이 미래를 연다던 할아버지의 말씀이 있지 않은가. 상류층과 멀어지는 일이야 시베리아의 위협이나 KGB에서의 시련과 비교할 때, 심지어는 고난조차도 아니리라는 생각이 들었다.

K사와 모레 있을 협상부터 취소하자. 모든 것을 원점에서 다시 고민해야 한다. 지능이란 인류의 앞날이 달린 심원한 문제 아닌가. 책을 읽고, 의견을 구하고, 여러 사람과 논의하여 내 자신의 비전을 세워나가자. 그 순간 수풀 저편에서 노랗게 반짝였다가 사라지기를 반복하는 불똥이 보였다. 반딧불이었다.

유진은 소리 내어 웃었다. 어느새 유진은 할아버지와의 입맞춤이 자신의 삶 전체를 변화시킨 놀라운 사건임을 느끼고 있었다. 그의 결심이 바뀌었다. 그런 뒤바뀐 마음은 K사의 임원들이나 자신의 직장동료, 심지어는 식구들까지 경악에 빠뜨릴 것이 분명했다. 그럼에도 그것은 반드시 이행해야 할 할아버지에의 의무이자, 자신에의 의무이기도 했다. 반딧불이가 허공을 날아서 나뭇가지에 옮겨 앉았다. 반딧불이의 불똥은 결코 꺼져서는 안 될 대를 이어 내려오는 생명의 힘처럼 반짝이고 있었다. 자신처럼 순식간에 수많은 것을 변화시킨다는 것은 다른 영혼과의 하나 됨 없이는 불가능한 일이라는 생각이 스쳤다. 하늘에는 별들이 무리를 지어 흐르고 있었다. 유진은 자신의 영혼이 할아버지의 영혼과 합쳐졌다는 생각에 무한한 행복감을 느꼈다.

*

이틀 뒤였다. 유진은 K사의 대표이사와 마주앉았다. 두 사람은 계약서의 초안을 번갈아 살폈다. 유진이 한 가지 제안을 담은 종이를 내밀자, K사의 대표이사가 이를 살피더니 웃고 말았다. 이런 사소한 사안까지 염려할 필요가 있느냐는 것이었다. 유진은 자신에게는 너무나도 소중한 분이 있다고 했다. 비록 오래전에 돌아가셨지만, 자신을 뇌과학 분야로 이끌었던 할아버지와의 약속 때문이라고 덧붙였다. 그러자 대표이사가 엄숙한 표정을 지었다. 그런 사안이라면 반드시 지켜져야 한다며, 자신의 직원을 불러 계약서를 수정해 오게 했다.

남한 작가에게 부침

—창작집『유령과의 입맞춤』에 관하여

방민호(문학평론가·서울대 국문과 교수)

1. 들어가며—15년 만의 두 번째 창작집

아주 오랜만에 출간되는 당신의 두 번째 창작집 『유령과의 입맞춤』 원고들을 읽었습니다. 역시 멋진 작품들, 한국문학에서 달리 찾아볼 수 없는 독창적인 작품들, 인간에 대한 근본적인 질문이 담긴 작품들이라고 생각했습니다.

당신은 제목에 멋을 부리는 사람이 아니어서 첫 번째 단편 「자기를 잃어버린 사람」은 이전에 '정체성'이라는 싱거운 제목을 달고 있었지요. 이를 기억하기에, 또 이 작품이 여러 번 수정되는 과정에서 읽어보기도 했기에 주제를 쉽게 간파할 수 있었습니다.

이 소설의 주인공은 승우. 노동운동에 종사해왔는데, 어느 날 갑자기 뇌에 종양이 생겨 수술을 받게 됩니다. 수술은 잘 끝난 것 같았지만 승우는 그로부터 약 팔 개월 후 세상을 떠나게 됩니다. 그사이에 무슨 일이 발생했느냐가 이 소설의 두 겹짜리 구성의 내용을 이루는데, 하나는 수술을 집도한 이준의 보고서, 다른 하나는 수술을 경험한 승우의 비망록(수기)입니다. 이준의 보고서는 승우가 수술 후 감정 손상을 경험하게 되는 몇 안 되는 사례 중의 하나임을 알려줍니다. 승우의 비망록은 이준의 관찰기록과는 달리 승우 자신이 자신의 경험을 반추, 성찰해가는 내적인 과정을 보여줍니다.

이야기의 단서는, "뇌는 인간의 정체성이 담긴 소중한 부분"이라는 어구에 잘 나타납니다. 뇌수술을 통해서 승우는 감정을 잃어버린 사람이 되었고, 그러자 노동운동에도, 세상을 떠난 아들을 포함한 자기 가족에도, 국가끼리의 축구 시합에도, 그 무엇에도 관심과 애착을 갖지 못하게 되어버린 것입니다. 말하자면 그는 '우리'라는, 집단적 소속감에서 한없이 멀리 떨어진 사람으로 변모되어간 것입니다. 그는 "어떤 집단의 시야에서도 세상을 바라볼 수 없는 '관점 상실'"에 빠지게 되며, 이는 바로 '정체성' 그 자체의 상실이었던 것입니다. 정체성을 잃어버린 승우는 자신이 몸담아 왔던 노동운동 측과 그 반대편에 서 있는 경영자총연합의 논리에 대해서도 냉정한 분석을 꾀하게 됩니다.

첫 번째 '우리'는 인간 사이에 존재하는 격차를 키우고, 지배를 합리화하려는 욕구로 가득 차 있었으며, 반대편의 '우리'는 인간 사이의 지배-피지배 관계를 무화하고 허물어뜨리려 애쓰고 있었다. 나는 이 대립이 인류 역사의 시작점부터 지속되어왔다는 것과, 인류가 끝나는 순간까지 지속될 것 같다는 느낌에 사로잡혔다. 이런 대립은 겉으로야 합리성의 외피를 두르고 있는 듯하지만, 본바탕에 있어서는 애착과 증오라는 집단 감정에 뿌리를 내리고 있었다.

자신이 몸담고 있던 세계에 대해서 이렇듯 냉정한 분석을 내린 승우는 거리에서 어떤 독특한 분위기의 노인을 만나게 되는데, 그는 아주 소수의 사람들로부터 메시아로 추앙받고 있습니다. 승우는 또 노인을 따라 그의 거처 달동네로 가 함께 자며 이 노인에게서 '평등주의'적인 구원의 가능성을 엿보기도 합니다. 그러나 노인과도 헤어져 승우는 동반자살을 준비하는 세 젊은이들과 합류하게 됩니다. 이들은 "삶과 죽음에 대한 나의 거리감이 무한하다는 사실"에 놀라움을 느낀 나머지 승우를 통해서 자신들의 죽음을 완성하려 합니다. 그러나 승우는 자신을 신과도 같은 존재로 격상시켜 이해한 젊은이들의 놀라움을 차갑게 인식합니다. 삶과 죽음에 대한 자신의 무한한 거리감을 일종의 초극으로 이해한 젊은이들은 자신을 통해서 그들이 추구한 초극의 이미지를 발견한 것뿐이라는 것입니다. 승우는 이렇게 말합니다.

아무런 정체성도 갖지 못한 자의 시야에서, 그토록 격상된 존재란 정반대의 격하된 존재와의 사이에 아무런 차이도 없다. 자아가 사라진 존재는 그 누구에게도 사랑을 요구할 수 없으며, 그 누구에게도 인간애를 당부할 수 없다. 그 누구에게도 살아남을 것을 애걸복걸하지 못한다. 그런 존재란 바로 고타마 붓다이자, 메시아이자, 한 여자의 목숨을 앗아 간 마귀이자, 호수의 연꽃이자, 썩은 음식이자, 길바닥에 죽어 자빠진 쥐이자, 한밤에 쌓였다가 녹아버릴 허무에 가까운 눈발이다.

이렇게 해서 승우는 인간적 가치의 모든 척도를 잃어버린 가운데 완전한 허무 속에서 죽음을 맞이하고 맙니다.

2. '기억', '진리'의 상대성

이 소설 「자기를 잃어버린 사람」은 읽는 사람을 깊은 질문 속에 던져 넣습니다. 이 소설은 정체성의 심연을 말하는 것 같고, 그런 의미에서는 '정체성은 자유이자 동시에 구속이라'고 학생들에게 한국문학을 이야기하던 나의 강의 시간을 떠올리기도 합니다.

그러면서 나는 당신과 나의 공통성을 다시 한번 확인하게 됩니다. 당신도 나도 지금에 와서는 우리를 사회적 실천에의 관심 쪽으로 강력하게 밀어붙였던 존재론적, 인식론적 근거들을 심각히 의심하고 있는 것 같습니다.

그래서인지 「자기를 잃어버린 사람」은 읽는 사람으로 하여금 그로테스크한 느낌에 사로잡히도록 합니다. 작중의 승우가 그런 상황에 놓여 있기 때문이기도 하지만 작품은 현실세계의 우리가 얼마나 그로테스크한 집단의식에 매몰되어 있는가를 말해주고 있기 때문입니다.

이러한 그로테스크함으로 말미암아 당신의 소설은 현실에서 벌어진 이야기라기보다는 하나의 가설적 담론을 가상의 옷을 입혀 펼쳐놓은 것 같은 느낌을 선사하기도 합니다.

이러한 당신의 담론적 소설이 또 한 번 빛을 발한 것이 창작집의 두 번째 작품 「기억의 도서관」일 것입니다. 이 소설은 '기억재생기'라는 기상천외한 발명품이 만들어진 먼 미래로 읽는 이들을 데려갑니다.

앞에서 본 「자기를 잃어버린 사람」에서 당신은 정체성의 근간에 놓인 것이 '감정'이라고 했습니다. 이번에는 당신은 '기억'을 '감정'의 자리에 놓고자 하는 듯합니다. 일단 기억을 완벽하게 재생할 수 있게 되자 그 미래의 사람들은 저마다 자신들의 기억을 보존, 재생할 수 있기를 바랍니다. 그렇게 되자 문제가 발생합니다. 과연 어떤 사람의 기억을 보존해야 하는가, 보존할 가치가 있는 기억이란 무엇인가 하는 것입니다. 이에 대하여 인류가 도달한 결론은 다음과 같은 것이었다고 합니다.

이 단계에서 인간이 직면한 것은 그 어떤 심원한 문제였습니다. 도서관의 보관 가능한 책의 분량과 보관 시간의 영원성을 비교하자면, 한 인간의 중요성에 대한 다른 인간의 판단이란 찰나적이지 않은가? 과연 세상 사람 가운데 기억되어야 할 그 어떤 숭고함도 갖추지 못한 이가 어디에 있단 말인가? 결국 도서관에다가 누구를 보관하고, 누구를 보관하지 말지를 구분하는 기준이란, 인간의 시선에 입각해서는 안 될 일이며, 오직 영원의 관점에 서야 하는 것 아닐까, 하는 질문과 함께 공포에 가까운 허무가 엄습해 왔습니다. 결국 완벽한 개방을 통한 모든 이들의 원망을 수용하는 방법만이 '불멸의 도서관'에 걸맞을 정책이라는 것과, 인류 가운데 영생으로 가려지지 않을 '신의 아이'란 단 한 사람도 없으리라는 성찰에 도달한 것입니다.

그리하여 당신의 이 작품 속의 도서관은 한없이 큰 규모를 가진 모두를 위한 도서관, 인간의 역사에 내재된 "평등화에의 힘"을 내장한 환상적 공간이 되어 있습니다.

그러나 당신은 당신의 소설이 늘 그러하듯이 유토피아란 그렇게 만만히 세워질 수 있는 게 아님을 여기서도 보여주고자 합니다. 당신의 '기억의 도서관'은 이 소설의 화자를, 고통스러운 투쟁과 감금을 뒤로하고 국제구호기구에서 일한 자신의 아버지와, 한때 아버지의 동지였으나 끝내 배반해버린 '하산'이라는 인물과, 아버지에게 모진 고문을 가한 '마디'라는 인물의 기억들 앞으로 데려갑니다. 놀라운 것은 이 세 인물들이 모두 서로 적대적이고 모순적인 관계를 맺고 있었음에도 하나같이 자신의 삶을 정당화하는 정교한 기술에 의해 포장된 듯한 기억을 남겨놓고 있다는 사실입니다. 위대한 기억의 도서관은 실상 "상대성이 난무하는 장소로 변질"되어 있었던 것입니다.

당신은 어째서 이런 이야기를 지어낸 것일까요? 그 실마리는 작품의 끄트머리 가까이에 있습니다. 말하자면 당신은 기억재생기라는 미래의 발명품을 매개로 삼아 인류의 역사라는 것이 상대적인 기억들의 쟁투의 결과물이라고 주장하는 것입니다.

시일이 흐르며 나는 이 모든 상대성에 그 어떤 진실이 내재되었음을 깨닫기 시작했습니다. 도서관의 기억 대부분은 일종의 서사입니다. 그 이야기 하나하나는 세상의 역경을 극복해 나아가는 인생여정이자, 삶의 투쟁이며, 승리의 미담입니다. 그런데 그 과정에서 주인공이 존엄해지기 위해서라면, 스스로 딛고 서야 할 악역이 있어야 한다는 사실입니다. 심지어 만인의 칭송을 받는, 지상에서 가장 '거룩한 분'도 예외는 아니었습니다. 그분의 삶이 극적인 의미를 지니기 위해서라면, 그분으로부터 "이 독사의 자식들!" 하는 분노의 욕설을 듣는 환전상이 있어야 했지요. 또한 그분의 시선에 하찮게만 보인 바리새 사람들의 협잡도 반드시 필요했던 것입니다. 하물며 보통 인간들의 자기예찬 장소인 기억의 도서관에서 어떻게 모놀로그가 존재할 수 있겠습니까?

이와 같이, 당신은, 역사는 기억된 서사들 사이의 투쟁이라는 명제로부터 당신은 심지어 기독교적 믿음의 역사마저도 사실은 "그분의 비망록"을 중심으로 형성된 "열성적인 사랑"의 표현에 지나지 않는지 모른다고 말합니다. 이 작품의 화자는 이렇게까지 말합니다. "결국 600만에 이르는 바리새인과 환전상의 학살이란 인류가 간직한 그분에 대한 뜨거운 사랑의 한 표현이며, 그 학살 사건이야말로 다른 누구의 책임이라기보다는, 세상 만인의 집착에 가까운 사랑을 받아온 바로 그분 탓이 아닐까 하는 상상……." 이 작품은 미래의 시점을 배경으로 모든 기억들이 보존될 수 있는 조건 속에서, 타자들의 기억을 통해 본래 자신이 품고 있던 "자아상"을 수정해갈 수밖에 없는, "그 어떤 새로운 정체성의 출현"을 전망하는 것으로 끝나기는 합니다. 그러나 나는 이 소설에서 모든 역사의 상대성에, 그리하여 진리라고 믿어지는 것들의 상대성에 대한 인식을 이야기하는 당신을 봅니다.

3. 한 문제적인 작가의 불운한 출발

이쯤에서, 나는 당신을 잘 알지 못할 독자들을 위해 당신을 소개해보고자 합니다.

당신은 순천 태생으로 서울대 철학과를 중퇴하고 미국의 메릴랜드 주립대학에서 물리학을 공부했습니다. 서울에서의 학업 도중에 미국으로 가야 했던 일은 당신의 사적인 사연이 담겨 있으니 자세히 이야기하지 않으려 합니다. 같은 대학 대학원에서 일 년을 더 공부하다 당신은 한국으로 돌아왔고, 과거에 인연을 맺었던 사람들과 함께 일하다 결국은 작가의 길을 걷게 됩니다.

나는 당신보다 당신과 가장 가까운 사람을 먼저 알고 있었습니다. 당신과 그는 모두 아주 고전적인 작가 도스토옙스키에 심취되어 있었고 또 당신은 클래식 음악에도 깊은 소양을 갖고 있었습니다.

그 무렵 나는 당신이 작가로서 큰 가능성을 갖고 있다고 믿을 수 있었습니다. 그러나 2006년에 당신이 내가 편집위원으로 있던 『문학수첩』을 통하여 작가 생활을 시작한 것은 당신에게는 불행한 시작이었습니다. 시기도 좋지 않았고, 출판사와 잡지는 문단에서 좋지 않은 상황에 있었습니다. 처음부터 상업적 이득을 크게 기대하지 않은 출판사는 당신에게 관심을 쏟아붓지 않았습니다. 초판 1천 부를 찍는 책에 관심이 있을 수 없는 입장이었던 것입니다.

그러나 그렇게 해서 당신의 첫 창작집 『유다와 세 번째 인류』가 같은 이름의 출판사에서 2008년에 출간되었습니다. 그 후 당신은 생계를 위한 불가피한 일과 시간 외에는 계속해서 작품에 매달렸으나 세상은 당신에게 주목하지 못했습니다. 여러 장편소설의 출간이 무산되기를 반복하던 끝에 이제 다시 당신의 두 번째 창작집은 내가 편집위원으로 있는, 『문학의오늘』을 간행하는 솔출판사에서 출간하게 됩니다. 2006년 '등단'부터 2023년 11월에 이르는 기나긴 시간 동안 당신은 단 두 권의 창작집만을 펴내는 '초라한' 성적표를 가지고 독자들을 새롭게 대하게 된 것입니다.

그러나 지금 당신의 두 번째 창작집 원고를 대하며 나는 나의 믿음이 전혀 그릇되지 않았음을 느낍니다.

당신은 지금껏 내가 비평가라는 직함을 얻은 후 보아온 모든 한국 작가 가운데 가장 문제적인 작가입니다. 당신은 지금껏 내가 경험한 모든 작가들과 완전히 다른 유형의 사람이며, 어느 누구하고도 비교될 수 없는 독자적 세계를 가진 사람입니다. 당신의 '미래소설'은 지금 젊은 작가나 비평가들이 실험하고 논의하는 포스트휴먼, 트랜스휴먼 문학의 가장 앞선 형태일 뿐 아니라 가장 문제적인 성취였습니다. 당연히 당신은 주목받아야 하며, 이것은 나의 기대 섞인 전망이지만, 높은 문학성을 구축한 중요한 작가로서 앞으로 응당 '유명해져야' 합니다.

어떻게 해서 당신은 이런 작가가 될 수 있었을까요? 아마도 당신의 불행한 문단적 출발, 계속된 불운과 이른바 주류 문단의 외면, 행복했다고 할 수 없는 개인사와 처절한 고립 같은 요인들 때문이었겠지요. 그러나 나 또한 당신의 고립에 일조한 사람이기도 합니다. 나는 당신을 높게 만들어줄 만한 문단적 위치에 있지 못했고, 재력을 가진 출판사와 제휴하고 있지도 못했습니다. 문단의 품평을 좌우할 각종 문학상 제도 따위와도 거리가 먼 위치에 있어왔습니다.

나 자신을 위해서라면 '충분한' 문단적 위상이, 당신 같은 문제적 작가, 누군가는 반드시 문단의 중심적 위치로 끌어내 주어야 할 작가를 위해서는 거의 아무것도 할 수 없는 것이었습니다. 그사이에 우리는 몇 가지 공동의 노력도 기울였지만 어느 것 하나 성공적이라 할 것이 없었습니다. 나라면 어떻게든 글을 쓸 수 있었지만 당신을 위해서는 잡지의 지면을 할애하고 '우수' 원고를 위한 지원신청을 하고, 몸의 살을 떼어내듯 돈을 들여 출판을 할 수 있도록 하는 것 외에는 어떻게 더 할 수 있는 일이 없었던 거지요.

다시 한번 우리에게 왜 이런 일들이 일어났는지 생각해 봅니다. 아마도 우리는 저 386세대의 일원으로서 그 시대가 어떤 의미를 가지고 있었는지를 '최후까지' 버리지 않고 생각하려 한 사람들이었습니다.

'뻔뻔스럽게도', 이렇게 거창한 의미를 우리 두 사람에게 부여할 수 있다고, 나는 지금 말하고 있습니다. 우리 두 사람이야말로 지난 삼십 년 동안 자신이 386세대의 일원으로 그 시대가 제기했고 스스로 고민한 문제들을 어떻게든 성심껏 처리하기 위해 애써온 사람들입니다. 나 자신에 대해서는 말을 아끼겠으나 당신에 대해서라면 당신의 모든 작품이 이를 증명하고 있다고 말할 수 있습니다.

1980년대가, 그리고 386세대가 제기한 문제란 무엇이었을까요? 인간이 인간답게 살 수 있어야 한다는 명제 앞에서 우리는 군부독재와 국가독점자본과 자본주의 자체와 싸워야 한다고 생각했습니다. 당시에도 이미 인간에 대해 사유할 수 있는 보다 지혜로운 방법들이 없었던 것은 아니었으되, 우리는 우리의 풍토 위에서 그와 같은 질문 방법

외에는 어느 것도 알지 못했습니다. 중고등학교의 십 대 시절을 실존주의적 명제 외에는 알지 못했던 남루한 사고법을 들고, 당신과 나는 각기 서울로 올라와 한 사람은 철학을 택했고 다른 한 사람은 국문학을 했습니다. 당시 학부 강의실에서 과연 우리는 무엇을 배울 수 있었을까요? 우리의 얇은 기숙사와 캠퍼스의 잔디밭과 신림동, 봉천동, 노량진의 구석진 자취방, 하숙방과 최루탄 연기 가득한 가두에서나 얻어질 수 있는 것이 아니었던가요?

지식을 지식답게 얻을 수 있는 방법을 알 수 없던 우리는 겨우 몇 개의 도그마나 독트린 말고는 기댈 것이 없었고 그로부터 모든 것을 연역적으로 풀어내려 했습니다. 인간이란 무엇이며, 어디서 와서 어디로 가고 있으며, 어떻게 살아야 하는 것인지를 우리는 전적으로 마르크시즘이 제기한 새로워 보이는 명제들로부터 얻어내려 했습니다.

1987년은 새로운 가능성의 시간처럼 여겨졌지만 1990년을 전후로 한 세계사의 전환은 우리가 얼마나 뒤늦은 사람들이었는지 깨닫게 했습니다. 살기 위해서 우리는 새 길을 찾아야 했습니다. 같은 세대의 많은 이들이 현실 정치에 합류하거나 약진하는 자본주의 체제에 편입되는 사이에 당신과 나는 그들과는 다른 길을 모색했습니다. 남들이 낡

은 사상을 비웃을 때, 우리는 그 낡은 사상에서 버릴 수 없
는 부분을 찾아 새로운 것에 결합시키려는 이상한 노력을
버릴 수 없었습니다. 그렇게 우리는 각기 다른 길을 걷다
2000년대의 초반에 작가와 비평가로 만났습니다. 나는 첫
눈에 당신이 자기 생각에 빠져 사는 사람이라는 것을, 그
러나 세상에 어떤 해도 끼치지 않는, 이타적인 사유의 소유
자임을 알아차릴 수 있었습니다.

당신이 쓴 소설들은 우리들의 '포스트-마르크시즘' 소
설이자 그럼에도 버릴 수 없는 고민과 이상의 산물이었으
며, 1980년대와 386세대가 제출한 인류의 삶에 대한 미래적
전망의 소설이기도 했습니다. 당신의 미래소설은 지금 많
은 이들이 환영해 마지않는 '포스트휴먼', '트랜스휴먼'의
가장 한국적인, 그러나 아주 보편적인 전형이었습니다. 나
는 당신에게서 우리들 세대의 빛을 보았습니다. 당신이 우
리 세대의 가장 빛나는 작가로 문학사에 기록될 것임을 확
신할 수 있었습니다.

4. 인류의 '선'한 미래를 향한 꿈

당신의 첫 번째 창작집 『유다와 세 번째 인류』에는 어떤
작품들이 담겨 있었던가요? 「갈라테아의 나라」, 「유다와

첫 번째 인류」,「유다와 세 번째 인류」,「리스펙트의 역사」,
「아무것도 아닌 자」,「행복의 서」였습니다.

나는 이 책이 묻힌 것을 몹시 안타까워한 나머지 최근에
한 전문적인 독서가에게 이 책을 읽어보라 하고 감상을 구
해보았습니다. 그는 진실로 충격을 받은 듯했습니다.

이 첫 번째 창작집에 실린 작품들 가운데 나는 특히 「리
스펙트의 역사」를 잘 기억합니다. 마르크스는 생산력이 고
도로 발달한 공산주의를 말하는데, 당신의 이 소설에 나타
난 미래세계는 바로 그 공산주의의 전야와도 비슷했습니
다. 생산력이 고도로 발전한 나머지 사람들은 이제는 한정
된 재화를 놓고 다툴 필요가 없어진 것이지요. 모든 물질
적 재화가 부족함 없이 인간의 욕망을 충족시킬 때, 인간
은 과연 어떻게 될까요? 무엇을 원하게 될까요? 철저히 논
리적이고 과학적인 동시에 낭만적인 낙천가였던 마르크스
는 인류가 물질적 부족에서 해방됨으로써 역사의 종착점
에 이르리라 예견했던 것 같습니다.

그러나 당신은 거꾸로 보았지요. 바로 그 시점부터 인류
는 세인의 존경을 놓고 일생일대의 투쟁을 벌이리라 예견
했으니까요. 그때 사람들은 '리스펙트'를 얻으려고 안간힘
들을 썼습니다. 잡지에 연재되어 출간된 당신의 장편소설

『무한복제기계』는, '3D프린터'처럼 모든 것을 복제하는 기계가 발명된다면 과연 노동은 종말을 고할 것인지, 그렇다면 인간은 무엇을 위해서 어떻게 살아갈 것인지를 묻고 있습니다. 이 『무한복제기계』나 첫 번째 창작집의 「리스펙트의 역사」는 당신이 바로 우리 386세대가 낳은 문제적 작가임을 확인시켜줍니다. 그런 유토피아는 아무도 쉽게 꿈꾸려 하지 않습니다. 오로지 1980년대의 평등주의, 분배주의에 이념적 미련을 가진 사람만이 칼 마르크스가 예언한 미래를 시험대 위에 올리고 그 연장선에서 토마 피케티를 읽으며 인간은 어떻게 될 것인지 물을 수 있을 것입니다.

이러한 의미에서 당신은 1980년대식 인간주의가 저물어 버린 뒤에도 그 숭고한 이념의 옷자락을 붙들고 최후까지 인류 미래의 운명을 '선'의 방향으로 이끌어내고자 안간힘을 쓰고 있는 작가라 할 것입니다.

이번의 두 번째 창작집에 실린 「유령과의 입맞춤」은 당신의 그러한 운명이 아주 솔직하게, '꾸밈없이' 드러난 예라 할 것이고, 「세상을 팔아버린 사람」은 마치 짧은 가상의 자서전과도 같이 당신의 의식의 역사를 이야기하고 있습니다. 「세상을 팔아버린 사람」은 독특한 '가상소설'입니다. 여기서 주인공 화자는 갑자기 모든 사람이 바싹 말라 죽어버린 세계에 놓이게 됩니다. 상상력을 작동하여 비유적 장치의 수수께끼를 풀어야 하는 이 소설에 나오는 그의 회상 담 가운데 다음과 같은 구절이 있습니다.

나는 내 자신을 이 기괴한 세계로 이끌었던 그 사건을 돌이켜보았다. 실상 그 뼈저린 순간을 떠올리는 것 자체를 기피하며 살아왔지만, 마침내 그 일을 생생하게 되살린 것이다. 유령사령관이 사살되었다는 소식이 들려왔던 순간 나는 스스로가 자아가 없는 그 무엇이기를 바랐다. 진흙과 핏자국으로 얼룩진 사체를 마주했던 순간, 그것은 사체가 아니라 사체의 이미지라고 믿었다. 군인들의 농지거리가 나를 에워쌌을 때, 그들이 군인이 아니라 말라비틀어진 수수깡이기를 간절히 바랐다. 그래서 그 바람이 이루어진 것이 지금 눈앞의 세상이다. 나는 영혼의 벗을 팔아넘겼다고 생각했지만, 내가 팔아넘긴 것은 바로 세상 그 자체였다. 그럼에도 그 당시 내가 품었던 간절함과 비슷한 뜨거움을 간직하고, 자연적 인과와 사회적 인과가 되살려지며, 내가 나이고 타자가 타자이기를 바란다면, 다시 세상이 복원되지 않을까 하는 염원이 인것은 당연한 이치였다.

이 알 듯 모를 듯한 문장들을, 나는, 이것은 당신의 지난 삼십 년의 의식의 역사를 비유적으로 응축해놓은 것이라고 믿고자 합니다. 여기 등장하는 "유령사령관"은 마르크스일 수도 있고, 「유령과의 입맞춤」에 나오는, '유진'의 할아버지 '이산'일 수도 있습니다. 그는 이 세계를, "사람들이 살아 숨 쉬는 따스한 세상"으로 만들고자 하는 사람들의 총칭이며, 그러한 의미에서 마르크시즘에서 비인간적인 요소들을 제한 인간주의적 총합의 이름이기도 합니다. 이 작품의 주인공 화자인 '나'는 산 사람이 아무도 없는 세상, 죽음이 만연한 세상, 회의주의자들의 세상 속에서 홀로 견디며 다시 살아 있는 자들의 세상이 오기를 기다리고 있습니다. 주인공 화자는 "세상"의 "복원"을 간절히 꿈꾸고 있습니다.

5. 나가며—'예언에 갇힌 사람'의 고독

본래, 당신의 이 두 번째 창작집 『유령과의 입맞춤』의 원고를 앞에 놓고, 나는 이 글을 어떻게 시작해야 할지 고민했습니다.

그러다 편지글 형식이어야 하겠다고 생각했습니다. 그런 형식이어야, 이 책에 수록된 작품들에 대한 논의 이전에, 당신과 나 사이에 얽힌 이야기를 풀어가기에 적절하다고 느낀 것입니다. 그동안 당신에게, 나에게, 그리고 작가인 당신과 평론가로서의 나 사이에 아주 많은 일이 있었으니까요. 그만큼 긴 세월이 흐르기도 했지요. 그사이에 있었던 일들을 이야기하지 않고는 당신이 지금껏 벌이고 있는 고통스럽고도 치열하고 집요한 작업의 의미나 당신의 문학에 매달리는 나의 정황을 아무도 쉽게 이해할 수 없을 테니까요.

지난 나날들 사이에 당신과 나 사이에는 무척 많은 의견 교환이 있었습니다. 우리는 메일 형식의 서신으로나 문자 메시지로 많은 것을 주고받았습니다. 아니, 주고받았다기보다는 당신의 안타까운 이야기들에 내가 마치 마지 못해 답장을 보내듯 용건만을 보내드리는 형태에 가까웠다고 해야겠습니다. 그만큼 나는 당신에게 나의 마음이며 내가 직면해 있는 상황 같은 것들을 상세하게 전달할 수 있는 여유를 갖지 못했습니다.

지난 번에 우리는 청담동의 '소전서림'에서 아주 오랜만에 재회할 수 있었습니다. 그 자리에서 무슨 이야기의 엇갈림 끝에 당신은 내게 그동안에 쌓인 '항의' 같은 것을 내게 던지기도 했습니다. 나 또한 당신의 복잡한 심사에 어지간히 지쳐 있다고 생각했던 것 같습니다.

당신은 당신대로 순천에 내려가셔서 많은 생각을 하셨 겠지요. 그다음 날인가 보내온 당신의 문자 메시지는 너무 나 따뜻했고 또 나에 대한 이해를 서둘러 표명하는 것이었 습니다. 나는 그 '편지'를 달게, 고맙게 받았습니다. 원래 당신은 따뜻하고 상대방을 이해하려 하고 또 이상주의자 인 것을 압니다. 당신의 편지는 바로 그러한 당신 그대로 였습니다. 그러나 아마도 당신은 나를 이해하지 못할 것이 라고 나는 생각했습니다. 그것은 당신이 내게 선의를 품지 않아서가 아니고, 당신과 내가 서로 아주 다른 처지에 놓 여 있었기 때문입니다.

그리고 이 모든 것은 우리가 힘들게 견뎌야 했던 지난 이십 년의 문학 생활 속에서 배태된 것이었습니다. 당신은 당신대로, 나는 나대로 각자의 상황 속에서 자신의 바람 과 의지와는 다르게 흐르는 일들 속에서 그럼에도 자신이 믿는 것을 포기할 수는 없었으니까요. 그리고 세상은 그런 우리를 몹시도 모질게 굴어댔습니다. 우리는 각자 스스로 의 안으로 파고들어 각자의 참호 속에 자기의 세계를 창조 해놓지 않으면 안 되었습니다. 이러한 세월과 작업에 고독 은 분명 명약이었습니다.

이 글을 쓰면서 나는 당신이 이제부터는 확실히 더 나은 문학적 상황에 놓이게 될 것이라 생각합니다. 당신의 처절한 고독은 당신으로 하여금 훌륭한 문학을 구축하도록 했고, 지금은 이를 향한 문단의, 대중의 반향이 있어야 할 때입니다. 나는 당신이야말로 예술가임에 틀림없고, 또 훌륭한 예술가들이 치러야 할 대가를 치를 만큼 치러냈다고 생각하고 있습니다.

이 창작집에 실린 작품들 가운데 「예언에 갇힌 사람」에는 당신의 실제 모습이 아주 많이 투영되어 있습니다. 이 점에서 이 작품은 당신 소설의 일반적인 문법, 즉 보편적인 상황과 대표성을 가진 인물로 구성되는 알레고리적 창작 방법에서 가장 먼 것이기도 합니다. 이 소설은 알레고리적이면서도 당신의 내면적 모습을 잘 보여줍니다.

이 작품의 주인공 '인주'는 어떤 예언자의 불길한 카드 점괘를 받아들고 거리를 방황합니다. "나는 누구인가, 무엇을 하는 존재인가" 하는 "원초적인 질문에 사로잡혀 정처 없이" 걷습니다. 자신이 "똥만도 못한 삶"을 살아왔다고 생각합니다. 그러면서 "인간의 삶이란 여러 차원을 간직하는 법"이라던 예언자의 말을 되새기며 자신의 삶의 빛을 되찾으려 안간힘을 씁니다. 과연 이 작품에 등장하는 세 번째 카드, "두개골 무더기와 그 위를 날아가는 또 다른 해골"의 감춰진 의미는 무엇일까요? 이 절망적인 이미지의 카드에 인주는 경악합니다. 지금까지 살아온 삶보다도 더한 국면이 펼쳐질 수도 있음을 이 카드는 암시하는 것 같습니다.

미친 듯한 상념 속에서 희망의 끈을 찾아 헤매던 인주는 마침내 오래전에 자신을 향해 "삶에는 여러 차원이 있"다고 말해주던 노인의 존재를 떠올립니다. 노인은 '알 이브라힘'이라는 무슬림 장로이지만 작중에서의 그의 역할에 문명충돌적인 메시지가 할애되어 있는 것 같지는 않습니다. 그는 작중의 인주로 하여금 삶의 새로운 의미를 밝혀줄 예언자적 존재이고, 이 소설이 자전적인 함축이 강하다는 의미에서 작가로서의 남한을 부축해줄 어떤 '귀인', 제3의 예언자일 수도 있겠습니다. 삶에는 다른 차원들이 있다는 것, 자신이 겪어온 삶이 아무리 힘들고 비참할지라도 그것은 삶의 한 차원일 뿐이며, 다른 차원이, 여러 차원이 있을 수 있다는 것을 노인은 말해준 적이 있습니다. 무슬림 사제, 이 이방의 노인을 통하여 인주는 자기 삶의 새로운 빛을 찾을 수 있으리라 믿고 싶어 합니다. 이 이야기는 무엇을 말하고 싶어 하는 것일까요? 이 소설은 미국의 수학

교수 인주의 이야기라기보다 작가 남한의 내면의 서사, 고통 속에서 빛을 찾아가는 비유적인 이야기처럼 받아들여집니다.

당신과 당신의 작품에 대한, 독자를 위한 나의 해석은 여기까지입니다. 나머지, 「세상을 팔아버린 사람」이나 「예언에 갇힌 사람」의 해독하기 어려운 요소들은 마치 작가 이상의 풀리지 않은 「오감도」 연작의 시구들처럼 일단은 비유와 상징과 알레고리의 신비 속에 보존해두고자 합니다.

오래전에 나는 당신의 첫 번째 창작집을 두고 이렇게 썼습니다.

한국문학 전통의 맥락 위에서 보르헤스라는 거장의 스타일을 주시하면서도 상징과 알레고리에 스며들기 쉬운 언어유희의 낭비적 요소를 절제하고 여기에 도스토옙스키적인 인류적 질문을 결합시킴으로써, 인류의 운명과 미래라는 보편주의적인 주제를 변주해 나가는 실험을 행한다.

시간이 오래 흘렀음에도 당신은 여전히 인류의 운명과 미래에의 관심을 잃어버리지 않고 고독한 자기 세계의 창조에 몰두하고 있습니다. 나는, 그러나, 지금 당신이야말로 문학의 승리자가 되고 있으며, 그 오랜 시간을 연구며 비평에, 그리고 편집자로 허비한 나는 예술적 진실에서 그만큼 더 멀어져 있다고 초라하게 느낍니다.

이것이 우리들 사이의 관계의 진실이라고 믿습니다. 그러나 우리 두 사람은 이상에서 멀어진 이 세계와 쉽게만은 타협하지 않았다는 점에서 서로 통하는 존재들입니다. 이 편지글에서만큼은, 남들은 보지 않는다는 서간문의 장르적 문법상 이런 뻔뻔스러움이 용인될 수 있다고 가정해봅니다.

유령과의 입맞춤

1판 1쇄 발행	2024년 1월 25일
지은이	남한
펴낸이	임양묵
펴낸곳	솔출판사
편집	윤정빈 임윤영
경영관리	박현주
주소	서울시 마포구 와우산로29가길 80(서교동)
전화	02-332-1526
팩스	02-332-1529
블로그	blog.naver.com/sol_book
이메일	solbook@solbook.co.kr
출판등록	1990년 9월 15일 제10-420호

© 남한, 2024

ISBN   979-11-6020-191-8   (03810)